밤의 몽상가들
Vers les hauteurs

알마 인코그니타 Alma Incognita
알마 인코그니타는 문학을 매개로,
미지의 세계를 향해 특별한 모험을 떠납니다.

VERS LES HAUTEURS
by Ludovic Escande

밤의 몽상가들
Vers les hauteurs

뤼도빅 에스캉드
Ludovic Escande

김남주 옮김

차례

일러두기
• 본문의 주는 모두 옮긴이 주다.

땅
Le Sol

1

"당신, 위키피디아에 계정 하나 만들지 그래." 위니베르 바의 테라스에서 내 맞은편에 앉은 막신이 말한다. "뭐 하러 그런 걸 해?" "당신 업무에 도움이 되거든. 저자들이 원고를 보내기 위해 정보를 찾을 때 당신 이름이 구글에 뜬다고. 내가 당신이라면 만들 거야." 그렇게 말하면서 막신은 불붙은 담배 옆에 놓인 노트북을 손가락으로 두드려댄다. "그럼 당신은 위키피디아 계정이 있어?" 내가 묻는다. "아니, 마케팅 분야에서는 그런 게 필요하지 않아. 대신 '링크드인'에 있어." 그녀가 아이스 모히토를 한 모금 마시며 대답한다. 올해 9월은 날씨가 온화해 한낮에는 아직 칵테일을 마실 만하고, 관계가 시작되는 초기에는 이런 종류의 사소한 허튼 짓을 허용할 수 있다. 그녀의 밤색 머리카락이 몇 시간 전에 산 마카롱 상자에 둘려 있던 빨간 리본으로 묶여 있다. "싫어, 솔직히 무슨 이점이 있는 줄 모르겠어." 내가 말한다. 막신이 고개를 들고, 얼굴에 비해 지나치게 알이 큰 선글라스 너머로 나를 지그시 응시한다. "아주 실용적인 또다른 이점이 있어. 당신이 집을 구할 때 임대인들이 당신 서류의 정보가 거짓이 아닌지 확인하려고 살펴볼걸." 이번주에는 집 구하는 일에 성과가 없었는데, 임대 광고도 드물고 부동산 중개인들은 바캉스에서 이제 막 돌아온 듯하다. "당신, 부모님 댁으로 다시 들어가는 걸 고려하고 있는 거야, 아니면 직접 뭔가를 찾아내려는 거야?" 그녀가 묻는다. 보름 전 나는 그동안 세들어 살고 있던 파리 외곽 도시 되유라바르의 집에서 나가겠다는 통고서를 발송했다. 매일 RER을 타고 출퇴근하는 길고 힘든 시간을 더 이상 견딜 수 없었기 때문이다.

"당신, 위키피디아 계정 만들 줄 알아?" 내가 묻는다.

"물론이지, 내가 하는 업무의 일부인데. 그리고 요즘은 다들 할 줄 알아.'

"어쨌든 난 할 줄 몰라. 그럼 당신이 만들고, 내가 집을 구하고 나면 계정을 지워줘, 좋아?"

"약속할게. 잠깐만 시간을 줘."

그녀가 짓궂은 표정으로 선글라스를 들어올리자 햇빛 한 줄기가 그녀의 홍채에 반사된다. 그녀의 이마에 가볍게 난 땀을 보자 어이없게도 그녀의 촉촉한 피부 감촉이 떠오른다. 민소매 상의의 레이스끈이 그녀의 어깨를 따라 흘러내려 연한 장미색 브래지어 레이스가 드러나 있다. "자, 이거야, 넷상에서 몇 가지 예를 찾아보고 점잖은 걸로 선택했어. 당신이 필요한 정보를 주면 초안을 만들어볼게. 당신 준비됐어, 아니면 무슨 말인지 도통 모르겠어?" 그녀가 묻는다. 나는 사실 그녀의 말을 귀담아듣지 않고 있었다. 그녀는 눈을 찡그리며 웃으며 마치 좀 모자라는 사람을 대하듯 말한다. "그만해, 막신. 난 아이들 생각을 하고 있단 말야!"

오후의 경쾌함이 송두리째 날아가버리고, 더위가 숨막힐 듯 심해진다. 나는 재떨이에서 담배를 집어 들어 한 모금 빨아들인다. "농담이야, 뤼도빅. 난 당신을 도와줄 거고, 당신은 다음 주말에 새집으로 이사하게 될 거야." 그녀가 낮은 목소리로 내게 말한다. 막신의 이런 자발성은 내가 감탄해 마지않는 자질로, 이 고갈되지 않는 샘물 덕분에 나는 일상의 허무를 줄곧 극복해낸다.

"당신 생일 좀 알려줘." 그녀가 말한다.

"9월 4일."

"거리 이름이랑 같네?"[*1]

"맘대로 생각해, 근데 그날은 제3공화국 선포와 나폴레옹 3세의 실각이 있었던 날로……"

"역사 수업은 그만하고, 계속 진행할까?"

"미안."

"당신도 우리 오빠처럼 1972년 생인 걸로 기억해. 학위는?"

[*1] 파리 2구에 '카트르셋탕브르'(9월 4일)라는 거리가 있다.

"대학입학자격시험에 합격……"

"대학입학자격시험에는 다들 합격해, 그 밖에 다른 거 없어?"

"그렇지 않아, 모두가 대학입학자격시험에 합격하는 건 아니라고, 막신. 난 대학에 진학해 역사학 석사 학위를 받았어."

"요즘은 '마스터'라고 해. 그다음엔?"

"그다음에 뭐?"

"당신이 그냥 대학만 다닌 건 아닌 줄 아는데?"

"군 복무를 했지."

"인상적인걸. 적어둘게."

"보병 부대에 있었고, 자동소총을 지급받았고, 숲에서 작전을 수행했어……"

"그만, 뤼도빅.'

"뭐라고?"

"당신이 6개월 동안 라이언 일병 노릇을 했다고 한들 아무도 관심 없어."

"10개월 동안이었어. 내가 얼마나 심한 진창에 있었는지 당신이 봤어야 하는데……"

"내가 알고 싶은 건, 당신의 직업적 경력을 궁금해하는 사람들을 위한 진지한 정보야."

"난 2000년에 출판계에서 일하기 시작했어."

막신은 몸을 뒤로 기대고, 묶여 있던 리본을 풀어 머리카락이 쇄

골을 따라 물결치게 한다. 그녀의 옆얼굴을 보면 코끝이 살짝 둥그런 매부리코가 좁은 얼굴형에 비해 좀 강하다는 것이 드러난다. 성형외과에 간다는 수치심이 그 컴플렉스를 압도하지 않았다면, 그녀는 이 신체적 특성을 외과적 수술로 바로잡으려 했을 것이다. 하지만 상대를 무장해제시키는 그녀의 가장 큰 매력은 바로 그 옆얼굴로, 내가 본 그 어떤 옆얼굴보다 매력적이다. 어쨌든 언젠가는 이 말을 그녀에게 해줘야 한다.

"지금으로서는 이런 내용이야." 그녀가 말한다.

"뤼도빅 에스캉드는 1972년 9월 4일 마르세유에서 태어났다. 소르본 대학에서 미술사를 공부한 후 공연 예술에 전념했다. 쿠르 플로랑★2에서 배우 과정을 이수하고 '테아트르 15'(FNCTA★3 회원)에 입단했다. 1998년 7월 아비뇽 페스티벌에서 쥘리앙 바스티아니★4의 〈유리 속의 악마〉★5 공연에 참여했다. 1999년 테네시 윌리엄스의 극작품에 헌정된 에세이인 첫 책《프롬프터Le Souffleur de mots》를 출간해 호평을 받았다. 아를에 있는 악트쉬드 출판사에서 2000년부터 편집일을 했다. 파리로 와서 갈리마르 출판사에서 콜렉션 팀장으로

★2 1967년 연극배우이자 연출가인 프랑수아 플로랑이 파리에 세운 연극 및 공연 예술 학교.
★3 Fédération Nationale des Compagnies de Théâtre et de Danse. 프랑스의 연극 및 무용 단체를 지원하는 기관.
★4 아비뇽 페스티벌의 무대, 특히 비공식 프로그램에서 실험적인 측면이 강조된 연극을 선보인 연출가.
★5 스웨덴 작가 헬렌 튀르스텐의 추리소설을 원작으로 하는 연극.

일하며 직업적 경력을 이어가고 있다. 구소련의 공연 예술 창작을 장려하는 NGO인 '국경없는 무대'를 2005년부터 지원하고 있다."

이 요약문에서 나는 헬리콥터을 조종했었다거나 피아니스트라고 말할 수도 있었는데, 무엇이 거짓말을 할 수 없게 만들었는지 모르겠다. 하지만 각 단어, 각 문장이 인터넷의 대리석에 새겨지는 만큼 진실한 정보를 제공해야 한다. 막신이 내게 이제 그 내용을 인터넷에 올려도 되느냐고 묻는다. 인터넷에 올라간다고 생각하자 내 얼굴 사진과 전화번호가 인쇄된 피켓을 들고 거리에 나서는 것만큼이나 황당하게 여겨진다. 나는 이런 내 의구심을 다시 한 번 표현했지만, 이런 방식의 유용성을 굳게 믿는 그녀는 두 눈을 치뜨고는 위키피디아 계정은 찾아보지 않는 사람들에게는 아무 의미도 없다고 반박한다. "당신이 전화번호부에 이름을 올린다고 글로벌 스타가 되는 건 아니잖아, 뤼도빅."

웨이터가 계산서를 가져오고 우리는 다시 내 오토바이에 오른다. 나는 막신이 헬멧의 턱끈을 잠그는 걸 도와준다. 두툼한 헬멧에 둘러싸인 그녀의 섬세한 얼굴이 우리를 묶어주는 최근의 감정만큼이나 갑자기 내 마음에 말랑말랑하게 다가온다. 나는 그녀에게 연민 어린 미소를 지어 보인다. 그녀는 야마하 위로 올라가 발받침대에 발을 끼운다. 오토바이 안장 위로 그녀의 몸무게는 거의 느껴지지 않고, 내 등을 압박하는 그녀의 가슴과 내 허리를 감싸안은 그녀의 두 팔이 느껴진다. 우리 관계가 시작된 지는 얼마 되지 않았지만 나는 막연하게나마 여기에 함축된 책임감을 느낀다. 파탄 난 사랑의 향기처럼 이 시대를 떠돌며 우리의 충동을 감염시키는 그것을 모르는 척할 수 없다. 여러 해 동안 우리는 수많은 커플들이, 심지어 더할 수 없이 단단해 보이는 커플들조차 헤어지는 것을 목격했다. 마흔 살이 지나면 우리는 별다른 희망을 품지 않은 채 사랑을 시작하는데, 그렇다고 사랑 없이는 살 수 없으므로 회의를 품고 사랑에 뛰어든다. 연보랏빛으로 물드는 하늘에 비행기들이 곧 사라져버릴 하얀 선을 남기며 날아간다.

2

부동산 중개인은 우리에게 생제르맹데프레 성당 바로 옆, 파리 중심가의 작은 거리인 드라공가 20번지 앞에서 만나자고 했다. 아침 9시, 대기는 온화하고, 막신과 나는 그 건물 아래에 있는 바의 테라스에서 커피를 마신다. 나는 종업원들이 상점의 문을 열고 셔터를 올리고 쓰레기통을 꺼내고 물청소를 하는 것을 바라본다. 자동차로 빽빽한 대로에서 조금 떨어진, 차들의 왕래가 거의 없는 작은 길이다. "20분이나 늦네. 솔직히 용납이 안 되는걸." 막신이 담배에 불을 붙이며 투덜거린다. 파리에서 아파트를 구하는 것은 매우 어려운 일이라는 게 분명해진다. 수도에서는 집을 구하는 고객들이 부동산 중개업자들로부터 모욕적인 대우를 받는 것이 관례인데, 다른 업계였다면 잘못된 태도로 간주되었을 것이다.

"정말 죄송합니다. 오래 기다리셨어요?"

"반 시간 됐어요." 막신이 건조하게 대답한다.

"제 이름은 파트리시아예요." 여자가 내게 명함을 내밀며 말한다.

우리가 앉은 테이블 앞에 선 여자는 쉰 살쯤 되어 보인다. 갈색머리에 날씬하고 연청바지에 리넨 웃옷, 흰 농구화 차림이다.

"괜찮습니다, 이 동네에 낯을 익혔네요." 내가 말한다.

"그렇다니까요, 여기 꽤 정이 가는 동네죠. 가실까요?"

건물에 엘리베이터가 없어 우리는 6층까지 계단을 걸어 올라간다. 우리가 볼 집은 맨 꼭대기 층에 있다. 나는 모든 방에서 도시의 지붕들이 보이는 게 마음에 든다. 멀리 에펠탑과 생쉴피스 성당의 종탑, 가이테 구역 한가운데에서 현대적인 면모를 뽐내는 몽파르나스 타워가 보인다.

"마음에 드세요?"

"우리가 처음 방문한 곳인데, 제대로 온 것 같네요."

"내부를 새로 칠했어요. 전기 설비도 손봤고요." 여자가 우리에게 스위치를 가리키며 말한다.

"당연한 거죠. 법적으로 내부 설비를 규격에 맞춰야 하잖아요." 막신이 개수대의 수도꼭지를 틀어보면서 말한다.

"배관 역시 교체했어요, 마드무아젤."

"네, 고맙습니다. 그렇네요. 관리비는 집세에 포함되어 있나요?"

"음…… 잠시만요, 서류를 확인해야겠네요."

"공간이 더 클 줄 알았어요."

"낭비되는 공간이 전혀 없답니다."

부동산 중개인은 방문에 이어 벽장문을 여는데, 우리 앞에서 집의 각 부분에 대해 언급해야 한다고 느끼는 듯하다. 그녀는 생제르맹데프레 구역에서 임대로 나온 집이 드물다는 사실을 거듭 언급한다. 그런데 내 느낌에 지금 당장은 집을 얻으려는 고객들이 많지 않은 것 같다. 이윽고 그녀는 자신이 자연 속에서 '진짜 휴식'을 취하기 위해 '뤼베롱 지방으로 내려가려고 한다'고 내게 알려준다. 나는 고르드의 주차장과 릴쉬르라소르그 주위의 온수 수영장을 갖춘 빌라들 사이에 어떤 자연이 남아 있을지 궁금해진다.

"멋진 집이죠. 건물 전체가 한 사람 소유예요."

"주변에는 어떤 상점들이 있죠?"

"렌가에 모노프리, 이 거리 위쪽에 피카르 같은 마트가 있어요. 유일한 단점은요, 숨기지 않고 말씀드릴게요, 주차 문제예요. 지하도, 주차장도 없거든요. 하지만 여기서 10분만 걸어가면 롭세르바투아르 구역에서 주차 자리를 월 단위로 계약할 수 있어요."

"어쨌든 별로 도움이 되진 않겠네요." 막신이 끼어든다.

"두 분께 서류를 하나 드릴게요. 서류에 있는 모든 난에 내용을 적어주셔야 해요. 너무 오래 고민하지 마세요. 오늘 오후에도 방문 예약이 있거든요."

막신은 내가 들고 있던 서류를 가지고 창가로 다가간다. 그녀는 발코니의 철제 난간에 기대어 담배를 피우며 서류를 읽는다. 부동산 중개인과 나는 그 아파트를 임대하는 결정권이 막신에게 있기라도 한 것처럼 갑자기 그녀의 반응에 주목한다. 나는 그녀의 에너지는 물론 생각한 대로 일을 추진하는 방식에 감탄하지 않을 수 없다.

"보증인을 세우는 걸 권장한다고 씌어 있네요." 그녀가 말한다.
"의무 사항은 아니지만, 소유주는 보통 그런 걸 좋아하죠."
"그렇죠, 하지만 이제는 그걸 서류에 명시하는 게 불법인데요."
"새로운 법 때문에 모든 게 바뀌었죠. 하지만 사실 고객님과는 관계가 없어요. 고객님 서류는 양호해 보이니까요. 보험증서를 첨부하는 걸 잊지 마세요."
파트리시아는 파리 좌안 사람들 특유의 말끝을 흐리고 각 구절 사이사이에 잠시 뜸을 들이는, 의도된 무심함이 깃든 어조로 느릿하게 말을 잇는다. 공들여 세운 그녀의 짧은 머리카락 때문에 악동 같은 분위기가 감돈다.
"이미 보신 것처럼 여기는 맨 꼭대기 층이라, 아마 온도 변화에 더 많이 노출될 거예요. 5년 전에 지붕 단열 공사를 새로 하긴 했지만요. 주방의 작은 창을 보세요, 에펠탑이 보여요."

"방에서도 보일 것 같은데요."

"아 그렇겠네요, 전 그 생각은 못했어요. 지금에야 이 집에 다시 와본 데다 두 분이 첫 손님이거든요."

"이곳이 저와 두 아이들이 살기엔 좀 좁을 것 같아 걱정이네요. 좀 생각해봐야겠어요. 침실 두 개짜리로 좀더 큰 집은 없을까요?"

"에스캉드 씨, 더 큰 집이야 있죠. 다만 안타깝게도 선생님 예산을 훌쩍 벗어나서요. 선생님 급여로는 서류가 통과되지 않을 거예요."

나에게 그런 지적을 하는 것이 힘들다는 듯 파트리시아의 대답에서 지친 기색이 느껴진다. 막신은 나를 응시하고, 나는 그녀가 내 눈빛에서 다시 커플로 정착한다는 예상이 불러일으키는 두려움을 읽어낼까봐 차마 그 눈길을 마주치지 못한다.

"이 건물 안에 있는 집인가요?" 내가 묻는다.

한순간 파트리시아가 머뭇거린다. 짐작컨대 그녀는 그 질문에 정확한 대답을 하지 않기에는 지나치게 제대로 된 교육을 받은 듯하다. 그녀가 억지로 미소를 지으며 말한다.

"아래층에 하나 있어요."

"번거롭게 하고 싶진 않지만…… 침실 두 개짜리가 훨씬 나을 것 같네요.'

"이해합니다. 제가 가지고 있는 열쇠 뭉치에 그 집 열쇠가 있으면 좋겠네요."

파트리시아는 비치백처럼 생긴 캔버스 가방 속을 뒤진다. 온갖 형태의 열쇠 십여 개가 매달린 링이 헤어브러시 솔에 딸려 나온다. 우리는 18세기 건물에 적용되는 제약 때문에 엘리베이터를 설치할 수 없는 이 건물의 넓은 층계를 통해 아래로 내려간다. 파트리시아는 조금 전 본 것과 구조가 거의 비슷하지만 더 널찍한 집 안으로 우리를 안내한다.

"어떠세요?"

"마음에 들어요. 바로 제가 찾고 있던 집이네요. 면적이 어떻게 되죠?"

"윗집보다 20제곱미터 커요."

"임대료는요?"

"제 기억이 맞다면 40퍼센트 더 비쌀 거예요."

"그래요? 아무리 그래도 그렇지." 막신이 외친다.

"시장가격이에요, 어쨌든 이 구역에서는요." 파트리시아가 설명한다.

열려 있는 거실 창문을 통해 갈매기 울음소리가 바람에 실려온다. 이 바닷새들은 큰 거룻배를 따라 센강을 거슬러올라와 강 근처의 거리 위를 날아다니다가 겨울에는 몸을 덥히기 위해 건물 환기구 위에 내려앉는다. 드라공가 거주민들은 그 기회를 틈타 갈매기의 그림 같은 모습과 날카로운 울음소리를 즐긴다. 내 눈앞에는 파리의 지붕 풍경이 펼쳐져 있다. 거친 굴뚝이 삐죽삐죽 솟은, 함석과 석판으로 된 높낮이가 서로 다른 지붕들이 지평선 위에 펼쳐진 은빛 망토처럼 그 지역을 덮고 있다. 조금 전 본 집보다는 장관이 덜 했지만 그 광경에 매료된 나는 즉각 그곳을 내 집으로 삼겠다고 마음먹는다.

"서류를 제출하겠습니다. 두 집 모두에 지원하는 게 안 되는 건 아니겠죠?"

"기술적인 면에서는 괜찮습니다만…… 솔직히 말씀드리면 이 집은 굳이 해보지 않아도 일이 잘되지 않을 거예요. 조금 전 보신 집이 좀 좁긴 해도 선생님께서 임차하실 확률이 더 높아요, 제 말 믿으세요."

"제가 이러는 건 무엇보다 제 아이들을 위해서예요."

"아이들이 고객님과 함께 사나요?'

"네…… 공동 양육하는 셈이죠."

"현재로서는 그 집이 가장 나은 선택지예요. 이미 조건이 아주 좋잖아요. 생제르맹데프레 한가운데에 있는 데다 전망이 아주 뛰어나고요. 그렇게 진행할까요?"

"그 말이 맞네요. 전 빨리 이사를 들어와야 하는 상황이기도 하고요."

막신은 아래로 내려와 건물 앞에서 파트리시아가 멀어지는 것을 바라보면서 부동산 중개업자에게 좀더 단호하지 못했던 것에 대해 스스로를 책망한다. 그리고 이 건물로 이사 와서 작은 방 두 개짜리 집에 그렇게 많은 임대료를 지불하려는 나를 말리려고 애쓴다. 나는 그녀에게 파리 부동산 시장 전체가 성층권 가격이라고 할 정도로 가격대가 높고 이 구역도 예외가 아니라는 것, 그것은 교외 생활이 강요하는 피곤한 출퇴근을 견딜 필요 없이 '도심에' 살려면 치러야 할 대가라고 반박한다.

3

그 만남이 있은 지 이틀 후 나는 파트리시아에게서 한 통의 메일을 받는다. 소유주와의 임대계약을 마무리지으려고 하니 누락된 서류들을 보내달라는 내용이다. 그날 저녁 나는 친구인 뱅상에게 메일을 써서 드라공가로 이사하게 되었다는 걸 알린다. 그는 작가이자 여행가로, 갈리마르 출판사에서 책을 내기로 해 지금 내가 그의 책을 편집 중이다. 그는 그날 밤 늦게 신나는 목소리로 내 휴대전화로 전화를 걸어온다. 전화기 너머로 깊은 울림을 지닌 정통 종교음악 같은 멜로디가 들린다.

"이봐, 뤼도! 너, 부동산 개발에 뛰어든 거야?"

"내 메시지 받았어?"

"그래서 전화한 거야. 너, 혹시 행성들의 힘을 믿어?"

"그건 왜?"

"내가 지금 막 드라공가에 아파트를 임대계약했다면 어쩔래."

"농담 아니고?"

"아니야. 재미있는 우연의 일치 아냐? 지난주에 마리안이 그곳을 방문했고 우린 곧 이사 들어갈 거야. 맨 꼭대기 층이고 발코니를 통해 지붕으로 올라갈 수 있어."

"그럼 네 작업실은?"

"물론 여전히 갖고 있지. 그건 내가 글을 쓰기 위한 사무실이자 해가 너무 뜨거울 경우에 대비한 비상 기지야."

"난 다음 주 월요일에 열쇠를 반납해. 이제 되유라바르는 영원히 안녕이지!"

"인간은 교외의 낙원에 살도록 만들어진 존재가 아닌 것 같아."

"난 아이들과 가까운 데 있고 싶었어. 이동하는 데 시간을 너무 많이 허비해서 아이들 교육에서 좀 소외되는 느낌이라."

"거긴 방이 몇 개야?"

"두 개."

"좁구나, 베르사유궁전은 아니네. 몇 번지야?"

"20번지. 그리고 너처럼 맨 꼭대기 층이야."

"맙소사, 그럼 바로 옆집이잖아! 내가 이사할 집은 22번지야! 이렇게 좋은 소식이! 결국 망한 건 아니군."

"행성들이 우리를 위해 정렬하고 있나봐."

"우리, 이사 축하 파티를 삑적지근하게 하자."

곧 임대차계약에 서명해야 하므로 나는 이사 자금을 마련해야 했다. 나는 이 기회에 내 새로운 은행 담당자의 존재를 확인해보기로 한다. 토요일 아침 파리 7구 라스파유 대로에 있는 지점에서 그와 만나기로 약속했다. 내가 그 지점을 고른 것은 사무실과 가까워서 편하다는 이유에서였다. 문득 나는 내과, 치과, 휴대폰을 개통한 오랑주 대리점은 물론 자동차 딜러를 선택할 때도 이런 지리적 데이터를 바탕으로 했다는 것을 깨달았다. 사실 나는 행정적으로는 이미 이사한 셈이라, 공식화하는 일만 남았을 뿐이다. 내 활동 영역을 재편성해 사무실이 있는 지역을 내 생활에 필요한 부수적인 서비스의 '중심'으로 삼을 때였다.

어떤 이유에서인지는 모르지만 2015년 테러 이후 라스파유 대로의 그 은행 지점은 이슬람 국가(IS)의 위협을 유난히 민감하게 느낀 모양이다. 지점은 세심한 보안 프로토콜을 준수하고 있다. 금속 탐지기가 설치된 게이트를 지나가려면 옷을 거의 벗어야 하고 경비원의 손길이 내 몸을 더듬도록 허용해야 하는 상황 앞에서 나는 그 엄격성을 실감한다.

크레디 뒤 노르 은행 라스파유 지점은 프랑스 정부 부처에 출입할 때에 준하는 검사를 출입자에게 시행한다. 내가 별도의 밀폐된 공간에서 기다리고 있는데, 은행 출입용 신분증을 바로 준비할 수 있다는 인터폰 안내 방송이 나온다. 어떤 여자가 즉각 나를 호출하는데, 접수대 위로 보이는 그녀의 살찐 얼굴이 카운터 위에 놓인 달걀 모양 초콜릿 같다. 나는 이런 적대적인 손님맞이에 짜증이 난다. 그래서 20년 전부터 크레디 뒤 노르의 고객인 내가 이런 수색을 받아야 한다는 걸 이해할 수 없다고 지적한다.

"최근 이 지역에서 은행 강도 사건이 많이 일어나서요, 선생님. 테러 공격 위협은 말할 것도 없고요. 강화된 감시 조치를 취할 수밖에 없는 상황입니다."

"전 담당자와 약속을 했는데요."

"고객님이 도착했다고 알리겠습니다. 성함이?"

"내 이름은 당신이 들고 있는 신분증에 나와 있을 텐데요."

사람들이 나를 서서 기다리게 한다. 다른 고객들이 들어오는 동안 나는 이런 논란이 내 머릿속에 불러일으킨 혼란에 대해 숙고해본다. 혹시 내 외모가 내 의도에 대한 의혹을 불러일으키고, 내게서 풍기는 뭔가가 은행 강도를 연상시킨 것은 아닐까? 우리는 과도한 불신의 시대를 살고 있고, 우리의 자유를 수호하기 위해 취해진 이 모든 수단들이 오히려 족쇄라는 느낌이 든다. 우리의 디지털 계정에서 흘러나온 정보들이야말로, 그것에 맞서는 우리의 변명을 웃음거리로 만드는 의혹의 원천이 아닐까.

진회색 양복 바지에 앞이 뾰족한 구두, 칼라에 군대 계급장 같은 요란한 자수가 놓인 흰 셔츠를 입은 젊은 남자가 모습을 나타낸다. 그는 피곤해 보인다. 그가 나에게 악수를 청한다. 물렁물렁한 손의 감촉이 넝마를 쥔 것 같은 불쾌한 느낌을 준다.

"에스캉드 씨, 제 이름은 스티브 보몽입니다. 영화에서처럼 'e'가 하나, 't'가 하나죠. 안녕하십니까?"

그가 어떤 영화를 말하는지 모르지만 어쨌든 나는 알겠다는 태도를 취한다. 그의 사무실은 리셉션 카운터가 있는 커다란 홀 옆에 있다. 불투명 유리로 된 단순한 칸막이가 그의 방과 홀을 나누고 있는데, 마치 기능적인 작은 방들을 만들기 위해 커다란 공간을 서둘러 분할한 것 같다. 고객 서비스를 담당하는 을씨년스러운 사무실은 우리 시대의 고해소가 되어버렸다. 영혼은 죽어버렸고, 지상의 점유권을 두고 협상해야 하기 때문이다. 스티브 보몽은 내 재정 상황에 대해 알려달라고 한다. 그는 파일을 열고 문서를 살펴본 다음 고개를 든다.

"부동산 관련 계획이 있네요, 맞습니까?"

"이사를 준비하는 중입니다."

"그렇다면 단순한 소비자 대출에서 시작하죠. 새 아파트의 정비 비용을 조달하시려는 것 같네요?"

"그렇습니다. 얼마간 시간이 지난 후 구입하고 싶을 경우에 대비해 얼마를 대출받을 수 있는지도 알고 싶습니다. 제가 대출할 수 있는 최대 금액이 얼마나 되나요?"

"그건 적법한 요구입니다. 특정 나이 이후 부동산에 투자하는 것은 미래의 안전을 보장받기 위해서이니까요. 간단하게 시뮬레이션을 해보겠습니다. 선생님 계좌번호를 알려주세요."

"제 파일에 있을 텐데요."

그는 컴퓨터 모니터 쪽으로 몸을 돌리더니 나도 볼 수 있게 내 쪽으로 모니터를 돌려준다. 나는 이 상담이 면접의 형태를 취하고 있다는 게 조금 당혹스럽다. 그의 가느다란 손가락들이 자판 위를 오가며 수수께끼 같은 숫자들을 입력한다.

"그러니까 선생님은 45세군요. 이혼했고 두 자녀가 있네요. 현재 저희 은행 대출은 없는 것 같은데 혹시 다른 곳에 있나요?"

"아뇨, 차를 리스로 쓰고 있을 뿐입니다."

"그래요, 그것도 고려해야죠. 우리는 선생님의 최대 자금 조달 능력을 알기 위해 가장 긴 기간을 설정할 겁니다."

"저는 침실 두 개짜리 집을 찾을 생각입니다."

"잠깐만요, 지금 선생님의 소득, 선생님의 프로필에 관한 정보를 프로그램에 입력하고 있는데, 몇 분 걸릴 겁니다."

나는 그 사무실의 몰개성적인 장식을 살펴본다. 사무실을 쓰는 사람의 개성을 드러내는 것이 아무것도 없다. 이 사무실은 다른 누구의 사무실일 수도 있고, 혹은 그 누구의 사무실도 아닐 수 있다. 차이가 전혀 없다. 이 업무 공간에서 개인은 무한히 교체될 수 있다. 회색 플라스틱 책상, 벌집 구멍 패브릭으로 된 인체공학적 의자, 적

자색 카펫. 나는 마지막으로 은행을 방문한 게 언제였는지 얼른 기억해내지 못한다. 지금은 모든 업무가 노트북에서 이루어진다.

"좋습니다, 입력이 끝났습니다. 상환 기간 25년이 나오네요."

"더 길게 빌릴 수는 없을까요? 저는 열심히 일할 준비가 되어 있고……"

"30세 때와 같을 수는 없습니다. 그리고 어쨌든 그게 저희에게 합법적으로 허용된 최대 기간이거든요. 그걸 결정하는 건 저희가 아니고요."

그는 자기 책상 안쪽의 좁은 공간에서 살짝 뒤로 물러난다. 그러고는 아주 복잡한 수학 문제를 풀기라도 한 것처럼 고개를 가볍게 끄덕이면서 내게 미소를 지어 보인다.

"그래서, 어떤 결론이 나오나요?"

"선생님의 예산은 이 범위 안에 있습니다." 그가 손가락으로 엑셀 표를 가리키며 말한다. 그러면서 그 제안이 경쟁 은행에서 내게 제시할 그 어떤 조건보다 나을 거라는 말도 잊지 않는다.

"좀 놀랍네요. 지금 제안하신 금액으로는 제가 지금 임대 중인 작은 아파트조차 살 수 없을 것 같은데요."

"해당 세대 지수에 연동된 보험료율을 고려해야 하는데, 선생님은 50세에 가까워지고 있어 보험료가 높아져요. 그래서 대출에 거의 2포인트가 가산됩니다."

"과장할 필요는 없을 것 같은데요. 제가 요양원에 있는 것도 아니고. 제가 두 건의 대출을 신청한다면요?"

"무슨 말씀이죠?"

"이 집으로 두 건의 대출을 받는 건요. 대신 상환 기간은 더 짧게 하고요."

"에스캉드 씨, 동일한 부동산으로 두 건의 대출을 받는 것은 불가능합니다. 앞서 설명드린 대로 이게 저희가 해드릴 수 있는 최선의 제안이고요."

"알겠습니다, 그렇다면 제가 직접 알아보죠. 아주 효율적인 중개인들이 있으니까요."

"무슨 말씀인지 알겠습니다. 잠깐만 시간을 주시겠어요? 제 상사와 이야기해보겠습니다."

그는 수화기를 들더니, 누구인지 알 수 없는 상대방에게 잠깐만 시간을 내달라고 말한다. 불편할 정도로 격식을 차리고 나직하게 이야기한다. 그러더니 어쩔 줄 모르는 표정으로 말없이 자리에서 일어나 방을 나간다. 스티브 보몽이 다시 모습을 나타냈을 때 그의 손에는 소책자가 하나 들려 있다. 그는 그것을 내 앞에 내려놓는다. 그의 얼굴은 붉게 상기되어 있다.

"선생님은 운이 좋으세요. 막 출시된 '상품'에 선생님 조건을 적용시켜볼 겁니다. 기간을 조정하는 게 가능할 것 같습니다."

"또 하나, 제 계정의 신용 한도를 높여주셨으면 합니다."

"잠깐만요, 한 번에 한 가지씩 하죠. 자, 새로운 거래 조건을 적용한 새 예상치가 나왔습니다. 이게 훨씬 낫네요."

"이 금액으로 저보고 뭘 찾으라는 거죠? 주차장 자리 하나 아니면 지붕 밑 다락방? 파리의 부동산 시세에 대해 조금이라도 아세요, 보몽 씨? 지금 어디서 살고 계세요?"

"다행히도 저는 교외에 살기로 마음먹었답니다. 선생님은 또 신용 한도에 대한 것도 말씀하셨죠. 지금 비자 프르미에 카드를 갖고 계시네요."

"네, 저한테 비자 프르미에 카드를 발급받으라고 권한 게 바로 보몽 씨예요. 하지만 마이너스 통장 한도가 그렇게 낮다면 그게 무슨 소용이죠?"

"그래서 저희는 또다른 신용카드를 연회비 없이 발급해드리려고요. 그러면 결제 한도를 높일 수 있습니다."

"알겠습니다, 하지만 추가 비용은 지불하고 싶지 않아요."

"해당 패키지에 모두 포함되어 있습니다."

"이사 비용 대출금은요?"

"12개월로 분할 결제될 겁니다."

"예산이 빠듯해서 24개월로 했으면 좋겠는데요."

"알겠습니다, 자료를 인쇄해드리죠."

날카로운 삐 신호음이 울리더니 드르륵거리는 기계음과 함께 프린터 덮개에서 인쇄된 종이들이 연속해서 튀어나온다. 스티브 보몽은 그것을 한 장 한 장 집어 올려 주의 깊게 살피는 척한다. 그는 열두 장의 서류를 내려놓고 나에게 펜을 건넨다.

"다 됐습니다. 각 장 하단에 약식 서명을, 마지막 장에 정식 서명을 해주십시오."

오늘날에는 자전거 대여, 인터넷상의 정보 열람, 르클레르 슈퍼마켓 온라인몰에서의 구매 등 일상적인 행위에서 '일반적인 판매 조건'에 동의하지 않아도 되는 경우가 하나도 없다. 우리는 자신의 유언장이라면 서명하지 않을 조항들이 포함된 계약에 수많은 서명을 한다. 이 모든 문서는 개인의 자유를 희생물로 삼겠다는 한 세대 전체의 선언문과도 같다. 이것은 기술 혁신에 대한 우리의 항복을 확인하는 법적 기록을 형성한다. 우리는 진보의 혜택을 향유하는 것이 아니라, 인공지능 시스템—우리는 이 시스템이 오류를 범하지 않는다고 세뇌당한다—의 연결 고리나 객체 수준으로 추락하는 데 압도적 다수로 동의해버린다. 미래 세대는 인터넷이 접속된 감옥 안에서 자신들이 왜 수인이 되고 말았는지 자문하게 될 것이고, 그 순간 이전 세대가 도대체 어느 시점에서 지금 자신들이 겪는 소외를 촉발시켰는지 알아내려 애쓸 것이다.

나는 숫자들 때문에 머리가 어질어질한 상태로 은행을 나온다. 가로수 잎들이 다가오는 가을에 산화되기 시작한다. 나는 인디언 서머의 마지막 온기를 즐기며 가벼운 차림으로 대로를 걷는 행인들을 바라본다. 이제 곧 차가운 바람이 모든 동작을 석화시키고, 가을이

나무들에게 달려들어 붉은빛, 노란빛을 깃발처럼 꽂으리라. 이제 곧 추위가 하늘을 장악하고 구름과 비를 호령하리라.

4

늦은 밤이다. 나는 과거에 마차가 드나들었던 드라공가 20번지 건물의 큰문 앞에 서 있다. 이 건물에는 18세기 건물에서 흔히 볼 수 있는 원형 창[*1]이 있다. 나는 뱅상을 기다리는 동안 이번 이사의 번거로움으로 야기된 불안에 시달린다. 파리에서 산다는 건 전에 살던 서민적인 교외에서보다 훨씬 더 무거운 경제적 부담을 진다는 뜻이다. 빵, 세탁비, 식당, 카페, 모든 것이 더 비싸고, 생활의 모든 부분에 세금이 많이 부과된다.

뱅상은 가장 최근에 보낸 메시지에서 나에게 밤 11시에 만나자고

[*1] 타원형이나 원형의 창으로 보통 빛을 들이기 위해 설치하는데, 개폐가 가능한 것도 있다. '황소눈 창'으로도 불린다.

하면서 암벽등반용 하네스*²를 착용하고 오라고 했다. 마치 암벽을 타고 있는 것처럼 몸에 자일을 감아걸고 걸어오는 그가 보인다. 그는 흰 셔츠, 검은색 진바지, 밤색 사슴 가죽 구두, 머리통에 꼭 맞는 스테슨 모자 차림으로 입에 시가를 물고 있다. '젠틀맨 클라이머'*³처럼 보인다.

"언제나 제시간!" 그가 말한다.

"모터에 총알이 박혀도⋯⋯."*⁴

"신중을 기해서 굵은 자일과 웨빙*⁵도 챙겼어. 하지만 앞으로 네가 좀 익숙해지면 이런 거 없이 움직이는 게 사람들 눈에 덜 뜨일 거야."

"네 차림을 보니 신중하다고는 할 수 없는데!"

"우리는 이 구역에서 전설적인 길을 개척할 거야. 여기가 아니라 좀더 내려가 베르나르팔리시가에서 말이야."

뱅상은 렌가 쪽으로 내려가는 좁은 포장도로로 접어든다. 바위 사이로 난 협곡 속을 걷듯 오래되고 기울어진 건물들 사이로 이어지는 좁은 길을 지나간다. 7번지 건물 앞에 이른 나는 미뉘 출판사 문을 알아본다. 유서 깊은 그 출판사의 존재를 알려주는 건 수수한 명

★2 등반자의 몸과 자일을 연결해주는 장비. 앞부분에 달린 루프에 8자 매듭을 묶어 사용한다.
★3 재미 삼아 가볍게 암벽을 타는 사람.
★4 영화 〈블랙호크다운〉의 대사들.
★5 등반에 쓰이는 얇고 넓은 띠. 고정 지점에 자일을 연결하거나 확실한 고정을 위해 쓴다.

판 하나뿐이다. 뱅상이 명판 아래의 작은 게시판을 가리킨다.

"봐봐, '벨을 누르지 말고 들어오세요'라고 씌어 있잖아. 정 그래 달라면야⋯⋯"

"너, 이 건물 파사드[6]의 누보로망 작가들 사진 기억해?"

"아무것도 변하지 않았네. 발행인 제롬 랭동의 사진 뒤로 보이는 둥근 문도 예전과 똑같아."

"이 건물은 주위 건물들에 비해 높지 않은걸. 5층밖에 되지 않아."

"그래, 저 위에서는 이 건물이 따로 떨어져 있는 게 잘 보여. 좋아, 11시 15분이군. 이 고상한 출판사를 존중하는 뜻에서 자정 전에 꼭 대기에 도착해야 해.[7] 가장 힘든 부분은 출발할 때야. 꼭대기에 올라가면 내가 자일로 널 고정시켜줄게. 네가 기어올라올 수 있도록 웨빙을 내려주고. 웨빙을 꼭 다시 챙겨야 해. 우리는 이 구역 북쪽으로 더 내려갈 거야."

뱅상은 자신의 하네스를 착용하고 자일을 손에 감은 다음 웨빙을 목에 걸고 건물 파사드로 다가간다. 그리고 사방을 살펴본다. 거리에는 아무도 없다. 그가 두 손으로 건물 문 왼쪽에 있는 주철 기둥을 움켜쥔다. 출발이 까다롭다. 두 발을 딛을 곳이 없고 건물 파사드는 미끄러워서 오직 두 팔의 힘에만 의지해서 2층에 도달해야 한다. 그 다음에는 돌 벽돌과 발코니 돌출부가 있어 발을 딛을 수 있다. 그는

[6] 거리나 트인 공간 쪽을 향해 있는, 건축물의 주된 출입구가 있는 정면부.
[7] '미뉘'는 자정이라는 뜻.

나를 위해 여러 개의 웨빙을 건다. 15분간 노력한 끝에 그는 지붕에 올라섰고, 나에게 올라오라고 신호를 보낸다. 나는 내 하네스의 중앙 고리에 자일을 8자 매듭으로 연결한다. 11시 30분, 반 시간이 남아 있다.

나는 웨빙을 당기며 2층까지 올라간다. 이렇게 몸을 끌어올리는 데에는 많은 에너지가 든다. 포기할까 하고 망설이는데, 뱅상이 자일을 팽팽하게 당겨 나를 위로 끌어올리는 것이 느껴진다. 그 힘든 고비를 넘기자 다음 세 개 층을 오르는 것은 순조롭다. 동작이 더 노련해지고 당기는 힘으로 안정적인 딛기가 가능해져서 즐겁게 위로 올라간다. 마지막 단계에서는 일종의 쾌감에 사로잡힌다. 어둠 속 지붕들이 드러내 보이는 아름다움이 동화의 한 장면 같다. 잠시 나는 온갖 장애물을 벗어던지고 본연의 활기찬 맥박을 되찾은 도시의 모습을 음미한다. 내 움직임을 막는 것은 아무것도 없다. 시선으로 이 구역에서 저 구역으로 건너뛰며, 나는 내적 자유의 힘을 느낀다. 저 아래에서는 파리의 압도적인 크기가 사람을 짓누르지만 여기에서는 영혼을 고양시킨다.

"높은 곳에 온 것을 환영해, 뤼도."

"그리고 작가들의 집에 온 것도……."

"건물을 기어오르면서 그 생각 했어?"

"아니, 난 올라오는 데만 초집중했어. 하지만 여기서는 당연한 거 아냐."

"이제 곧 자정이군. 임무 완수."

길가의 지붕 끝에는 세 개의 지붕창이 있고, 뜰 쪽 지붕은 완만한 경사를 이루고 있다. 건물의 면적과 규모가 주변 건물들에 비해 작다. 우리는 담배를 피우며 미뉘 출판사의 역사에 대해 이야기를 나눈다. 2차대전 중에 창설된 이 출판사는 나치 점령기에 레지스탕스 작가들의 작품을 20여 권 출간했다.

"미뉘에서 출간한 작품 가운데 넌 어떤 작가 게 좋아?" 내가 묻는다.

"몇 작가들이 있지만, 내가 가장 자주 반복해 읽는 작가는 베케트 같아. 난 모국어가 아닌 언어로 글을 쓸 수 있는 작가들에게 매료되거든. 콘래드도 그런 경우지. 베케트가 프랑스어로 쓴 첫 작품은 《첫사랑》인데, 25년 후 그는 그 작품을 자신의 모국어인 영어로 직접 번역했어. 그럼 넌, 넌 어떤 작가가 좋아?"

"나탈리 사로트, 특히 《어린 시절》이 좋아. 그녀의 작품은 대부분 갈리마르 출판사에서 출간됐어."

"출판의 본산 같은 곳!"

"맞아. 그런데 갈리마르 출판사와 미뉘 출판사는 무척 가까운 관계야. 뷔토르나 뒤라스 같은 작가들의 책이 두 출판사의 출간 목록에 나란히 올라 있는 것만 봐도 알잖아."

"나중에 세바스티엉보탱가 쪽을 올라가보자. 그동안은 야영을 해가면서 이 구역 탐사를 하고."

지붕 위에서 우연히 사람을 마주치는 경우는 드물다. 지붕 위는 방대한 영역으로 도시의 공공장소보다 당연히 넓지만 보행자의 출입이 금지되어 있다. 그럼에도 위험을 무릅쓰고 이곳을 탐사하는 이들에게는 그런 만남이 결코 뜻밖의 사건이 아니다. 이는 매니아들 간의 마주침, 전문 용어로 '스테고필'*8 간의 마주침이다. 밤이면 어둠이 건물 꼭대기를 걸어다니는 실루엣을 감춰준다. 건물들은 하늘을 배경으로 불규칙한 선을 그리고, 수많은 굴뚝과 배기관의 기둥들은 호리호리한 사람들이 모여 서 있는 것처럼 보인다. 갑자기 발소리가 들린다.

"거기 누구예요?" 뱅상이 묻는다. 하지만 대답 대신 호루라기 소리만 들려올 뿐.

커다란 환기 덕트들 사이에서 그림자 하나가 움직이는 것을 본 것 같다.

"아쉽네. 네 생각엔 뭐였던 것 같아?" 뱅상이 나직하게 묻는다.

"전혀 모르겠어. 혹시 사뮈엘 베케트의 유령이었을지도. 바람이 거세지는 것 같아."

"이리 와봐, 네게 보여주고 싶은 게 있어."

★8 숨겨진 장소에서 편안함을 느끼는 것 혹은 그런 곳에서 사는 사람.

우리는 밤 속으로 난 길처럼 펼쳐지는 널찍한 직사각형의 지붕 꼭대기를 따라 걷는다. 건물 파사드들의 농담은 다르지만 모두 갈색이고, 불 켜진 창문들이 오렌지빛 사각형 장식 같아 보인다. 뱅상은 줄 위에서 균형을 잡는 곡예사처럼 등을 곧게 펴고 걷는다. 그는 걸음을 멈추더니 한 손으로 모자를 잡고 머리 위의 공기를 휘젓다가 위로 쳐든다. 그는 박쥐들이 지나가는 것이 가끔 눈에 띄기도 한다고, 그 박쥐들은 우리가 있는 돌출부에서 몇 블록 떨어진 뤽상부르 공원의 나무둥치 속에 둥지를 튼다고 알려준다.

"이제 르푸르가와 르사보가가 교차하는 지점으로 빠르게 걸을 거야. 거기서 계속 가면 렌가가 나오는데 거긴 사람들 눈에 띄기 쉬워."

"그럼 돌아가야 하나, 어쩌나?"

"아냐, 이 난간을 넘어가자. 담장이 보이면 거기로 기어올라가 뜰 반대쪽으로 가자고."

파리라는 도시를 온전하게 보고 싶다면 지붕 위로 올라가야 한다. 수도의 지붕 위만큼 세월의 풍파를 덜 겪은 곳은 없다. 파리 분지의 평원을 덮고 있는 드넓은 함석지붕들이 최근 건물들의 추한 모습을 가려준다.

5

머칠 후 뱅상은 생제르맹 대로의 서점 '레큄 데 파주'^{★1}에서 열리
는 저자 사인회에 나를 초대했다. 우리는 저녁 7시에 플로르 카페
앞에서 만나기로 약속했다. 사인회에 저자와 함께 참여하는 것은 편
집자의 업무 중 하나다. 그것은 책을 존재하게 하고 배포해주는 독
자와 서점상을 직접 만날 기회이기도 하다. 나는 작가가 책에 사인
을 해줄 때 그 옆에 앉는 걸 좋아한다. 작가가 독자들 쪽으로 공손하
게 몸을 기울일 때 사람들이 하는 말을 들을 수 있기 때문이다. 대중
이 어떤 예술가와 이렇게 가까이에서 이야기를 나눌 수 있는 경우
를 다른 예술 분야에서는 본 적이 없다. 영화나 콘서트는 거리가 떨
어져 있고, 음악가나 배우들과의 접촉은 최소한으로 제한된다. 나는

★1 '페이지의 포말'이라는 뜻.

정확히 제시간에 도착했지만 뱅상이 아직 와 있지 않아 생제르맹 성당 앞의 경계석들 중 하나에 앉는다. 내 짙은 색 벨루어 재킷 주머니에 든 휴대폰이 울린다.

"여보세요?"

"죄송하지만 누구시죠?"

"나야, 막신."

"당신 전화번호가 안 뜨네."

"부동산 중개소에서 소식 왔어?"

"아니."

"당신이 다시 연락해봤어?"

"아니, 그래야 해?"

"당신은 이미 부동산 중개인을 만났고, 그 사람이 다시 전화를 했잖아. 그렇다면 이제 어떡해야 해?"

"알았어, 내일 전화할게."

"내일 한다고…… 지금은 왜 안 되는데? 당신, 결혼식에 가는 길이야?"

"난 지금 저자 사인회에 같이 갈 작가를 기다리고 있는 중이야."

"그런데 배경에 디스코 음악이 들리는 건 뭐야?"

"지금 생제르맹 광장에 있는데, 여기 가판대와 감자튀김 포장마차들이 있거든."

"우리 오늘 밤에 뭐 할까?"

"일이 몇 시에 끝날지 잘 모르겠어. 내일 보는 게 나을 것 같아."

"근데 당신은 내일도 할 일이 있을걸."

"그만해, 막신."

"난 지금 엘렌과 한잔하고 있어. 그런 다음 집에 가서 잘 거야. 완전 피곤하거든. 우리 집에서 자고 싶으면 와, 아이는 아빠 집에 갔어."

"갈 건지 문자로 알려줄게."

"알았어. 이따 봐, 자기."

나는 전화를 끊으면서 오늘 밤 내가 막신에게 갈 가능성은 없다는 걸 이미 알고 있다. 그녀가 나를 자기라고 부른 것은 이번이 처음이고, 나는 변질된 관용적 표현의 쓴맛이 살짝 가미되어 있는 이 감미로움 때문에 혼란스럽다. 미적지근한 대기 속에서 솜사탕과 볶은 땅콩 냄새가 난다. 꽃장식 조명을 켠 트레일러 근처에서 관광객들이 지하철 입구로 몰려간다. 뱅상이 대로 저편에서 사람들 사이를 뚫고 뛰어오는 게 보인다.

"미안해, 늦었어. 우리 아버지와 어떤 늙은 백작 부인과 같이 있었는데 그 부인이 우리에게 끝없이 차를 따라주면서 오를레앙 공작 이야기를 하지 뭐야."

"손에 든 건 뭐야?"

뱅상은 붉은색과 푸른색 리본이 둘린 빗자루 크기의 나무 자루 같은 것을 들고 있다.

"나중에 설명할게, 가자, 얼른 가자고!"

밤 10시, 사인회가 막 끝나고 우편엽서가 진열된 인도 위의 회전식 상품 진열대 사이에서 독자들이 이야기를 나눈다. 서점 옆에 있는 플로르 카페의 테라스에서 우리와 가장 가까운 테이블에 앉아 있는 외국인 관광객 한 무리가 호기심 어린 눈길로 우리를 지켜본다. 25세가 넘지 않는 것이 분명한 그 여자들 중 하나가 자리에서 일어나 다가온다.

"두 유 스피크 잉글리시?" 그녀가 슬라브 억양으로 내게 묻는 동안 그녀의 친구들이 뒤에서 웃음을 터뜨린다.

"아 네, 몇 마디는요, 어 퓨 워즈."

"그레이트. 캔 유 테이크 어 픽처 오브 아우어 그룹?"

"네, 오브 코스."

그녀는 나에게 자신의 휴대폰을 건네고 어디를 눌러야 작동되는지 알려준다. 나는 적어도 한 장은 잘 나오기를 바라며 몇 장의 사진을 찍는다. 그 젊은 여자들은 재미난 표정을 짓고 손가락으로 괴상한 제스처를 취한다. 젊은 여자들과 지루한 대화를 하느라 힘들어하는 나를 보고, 뱅상이 그의 시베리아 원정에 대해 토론하던 몇몇 독자들을 떠나 다가온다.

"그러니까 넌 지금 소비에트연합을 침공하려는 거야?"

"내가 제대로 알아들었다면, 이들은 민스크에서 왔대. 파리는 처음 방문하는 거고. 그런데 이들이 뭘 원하는 건지 모르겠어."

"어느 나라 사람들인데?"

"벨라루스인들이래. 내가 사진을 찍어주었는데, 이들은 다른 걸 원하는 거 같아. 그게 뭔지 모르겠어."

뱅상이 테이블로 다가가 러시아어로 한마디 건넨다. 그러자 즉각 일련의 유쾌한 논평과 질문이 터져나오고, 그 질문에 만족한 그는 단어를 골라가며 대답한다.

"저 사람들, 뭐라고 하는 거야?"

"이거 믿어지지 않는걸."

"뭐가?"

"이 사람들은 우리가 작가인지 음악가인지, 혹시 장폴 사르트르와 시몬 드 보부아르를 아는지 알고 싶대."

"젠장, 우리가 그렇게 늙어 보이나?!"

"잠깐만, 그게 다가 아냐. 생제르맹데프레에서 파티를 벌이기에 적당한 장소를 알려달래. 이 사람들은 쥘리에트 그레코 시절 이후로 아무것도 달라지지 않은 줄 아나봐."

"우리가 이 시대의 마지막 남은 실존주의자라고 알려줘."

"차라리 우리가 늙은 산악인이라고 말하는 게 낫겠다."

여자들 중 하나가 일어서더니 자기 휴대폰을 우리 쪽으로 든다. 그동안 나머지 여자들이 우리에게 다가와 또 사진을 찍자고 손짓한다. 뱅상이 서점 쪽으로 달려가더니 이내 모자와 막대기를 갖고 나온다. 막대기에 달려 있던 깃발은 그가 풀어버린 모양이다. 나는 그제야 티베트의 상징 색을 알아본다. 뱅상이 러시아어로 한마디하자, 유쾌한 항의가 터져나온다.

"무슨 일이야?' 내가 묻는다.

"우리의 늙은 얼굴 때문에 필름을 망칠까 두렵다고 했어."

"필름? 하지만 저건 디지털 기기잖아, 이미지들을 무한히 만들어낼 수 있다고."

"지옥이 따로 없군.《1984》*² 속 세상 같아."

우리는 테라스의 차양 아래로 자리를 옮긴다. 뱅상이 젊은 관광객들을 즐겁게 해주려고 그들의 테이블 뒤에서 티베트 국기를 펼친다.

"잠깐 앉자. 너 혹시 다른 약속 있어?" 그가 카페 안쪽의 호젓한 작은 테이블을 가리키며 묻는다.

"아니, 오늘 밤은 자유야."

"지금 몇 시지? 11시가 다 됐네. 보드카 좀 마시고 우리 신경세포 좀 흔들어보자고. 자, 내가 지금 뭘 읽고 있는지 좀 봐."

그는 웃옷 안주머니에서 붉은 표지의 문고본 한 권을 꺼낸다. 모리스 삭스라는 저자 이름과《지붕 위 황소의 시간에》*³라는 제목이 눈에 들어온다.

★² 조지 오웰의 디스토피아 소설.
★³ '지붕 위 황소Boeuf sur le toit'는 1920년대 아방가르드 예술가와 지식인들이 모이던 파리의 술집 이름이기도 하다.

"너, 이 책 알아? 모리스 삭스가 1차대전 직후 파리가 축제의 도가니에 휩싸였던 광란의 20년대에 쓴 일기야."

"모르는 책인데, 재미있어?"

"기가 막혀, 이 작가 책 읽어본 적 있어?"

"응, 그의 가장 유명한 소설 《안식일》을 읽었는데, 끝까지 읽느라 힘들었어. 배경이 좀 복잡한 인물로 기억하는데, 아닌가?"

"사회에서 배척당하고 추방당한 사람이야. 유대계 혈통인데 유대교를 버리고 교황의 품으로 뛰어들었다가 시의적절하게 개신교로 개종했어. 사람들이 특히 기억하는 건 그가 찌질한 사기꾼에 나치 부역자였을 뿐 아니라 파리의 명사를 모두 알고 있던 공산당 지지자였다는 거야. 그런 편력이 이해돼? 하지만 이 책에서는 자신이 다른 무엇보다도 20세기를 흠뻑 적신 새로운 예술 질서를 총체적으로 이해하고 이쪽과 저쪽을 잇는 영매라는 걸 증명하고 있어."

"예를 들면 어떤 거?"

"이 구절 좀 들어봐." 그는 책을 펼쳐 한 부분을 소리 내어 읽는다. "영화의 탄생은 인쇄술의 발견, 종교개혁, 프랑스대혁명 이후 세상에서 일어난 일 중 가장 중요한 사건이다. 심지어 사람들의 삶을 이 세 가지 대사건들보다 훨씬 더 즉각적으로 변화시켰다. 영화는 마약 같은 작용만 한 것이 아니었다. 그것은 육류나 니코틴 흡수가 우리에게 야기하는 중독에 비해 훨씬 더 강력하고 광범위한 중독일 뿐 아니라 인간의 정신과 일상적 행위에 직접적으로 영향을 미친다. 미국에서 영화 주제의 방향에 따라 범죄율이 증가하거나 감소하는 것이 확인되었다. 온 세상 여자들이 메리 픽퍼드, 그레타 가르보와 비슷해지는 것도 확인되었다. 결국 화면에 소리가 담기기 시작한 날부터 문명 세계는 모두에게 공통되는 언어를 발견한 셈이다."

"아 그렇군, 1928년에 그걸 파악했다니 굉장한걸."

"이 일기는 천재적이야. 저 위에서 다른 부분도 읽어줄게."

"저 위라니?"

"지붕 위에서 말이야, 오늘 밤 황소를 찾아서 거기로 가는 거야."

휴대폰을 보니 파트리시아에게서 메일이 와 있다. 내 서류에 보완할 점이 있으니 내일 아침 일찍 자신에게 연락해달라는 내용이다. 내 임차 신청을 보증해줄 사람을 요구할 모양이다. 나는 막신이 나를 위해 신속하게 해결책을 찾아주길 바라며 그녀에게 메일을 전달한다. 알람이 울린다. 막신에게서 온 문자다. 두 단어가 적혀 있다. 멍청이들 같으니라고! 휴대폰이 울리기 시작하고 그녀의 이름이 화면에 뜨지만 나는 전화를 받지 않는다. 뱅상 앞에서 그 대화를 하기가 망설여진다. 그는 조바심을 내며 판지로 된 컵 받침을 저글링하듯 공중으로 던진다.

"집 계약하는 데 무슨 문제 있어?"

"응, 드라공가의 집 중개를 맡은 부동산 중개소와 해결해야 할 절차상의 문제가 있어. 보증인 문제로 짜증나게 해. 이 나이가 되어서까지 부모님께 보증을 부탁해야 한다는 게 어떤 건지 너도 알지."

"네 아이들의 반응은 어때?"

"애들은 우리 집에 오느라 긴 시간을 들이지 않아도 된다고 무척 좋아해. 정말이지 엄청난 시간이 낭비되거든."

"필요하다면 내가 보증인이 되어줄게."

"생각해줘서 고맙지만 부동산 중개소 입장에서 작가의 보증은 산타클로스의 보증보다 나을 게 없을걸."

"안타깝군. 내가 인생을 잘못 산 건가. 보험업계에서 일했어야 했는데."

"왜 아니겠어……."

"좋아, 그런 펭귄 같은 치들 때문에 신경을 분산시키지 말자. 우리에겐 지붕 위에서 만날 황소가 있고 읽어야 할 모리스 삭스가 있잖아."

"미안한데 잠깐만."

나는 전화를 받는다. 막신에게서 걸려온 세 번째 전화다. 내가 전화를 받을 때까지 그녀는 계속 전화를 걸 모양이다.

"그른 것 같아." 내가 말한다.

"천만에. 당신이 부모님께 요청하면 잘될 거야."

"말도 안 돼, 난 그럴 나이가 지났어."

"그럼, 보증인을 하나 만들어보자. 그게 우리가 할 일이야."

"어떻게 만들어?"

"내일 설명할게. 오늘 우리 집에 와서 잘 거야?"

"뱅상과 좀더 할 이야기가 있어. 그럼 당신이 화가 나려나?"

"아니, 뤼도빅, 음 그런데……"

"뭐라고?"

"당신이 여기 안 온다니 아쉬워……." 그녀는 그렇게 말하고는 전화를 끊는다.

내가 막신과 이렇게 짧은 통화를 하는 동안 뱅상은 '레큄 데 파주' 직원들과 함께 엽서 진열대를 안으로 밀고 있다. 자정이 지난 시각, 문만 닫으면 서점 영업이 끝난다. 늦은 밤 사람들이 한 권의 책을 사고 싶은 억누를 수 없는 충동 또는 그저 서가 사이를 돌아다니며 신간을 찾아보고 싶은 욕망을 느낀다는 게 나는 참 좋다. 1990년대에 샹젤리제 대로에 있던 '버진 메가스토어'는 건물 전체가 문화 상품만을 판매하던 곳이었는데 새벽 1시까지 책이나 음반을 살 수 있었다. 서점은 지하에 있었고, 만화광들은 그곳 계단에 앉아 만화책을 볼 수 있었다. 책 읽는 사람들 사이로 지나가기 위해서는 무척 조심스럽게 움직여야 했다. 버진 메가스토어를 즐기기에 가장 좋은 시간은 밤 11시경으로, 그때는 야행성 고객들만 통로를 천천히 배회했고, 2층에서는 자유롭게 이용할 수 있는 헤드폰으로 당시 전 세계를 휩쓸던 애시드 하우스[★4] 혹은 '개러지'라고 불리는 전자음악의 새로운 사운드를 들었다.

뱅상이 테이블 위에 엽서 한 장을 내려놓고 웨이터를 부르더니,

★4 1980년대 중반 시카고 출신 디제이들에 의해 발전된 하우스 뮤직의 하위 장르.

앨프리드 히치콕의 영화에서 배우들이 대형 호텔에 메시지를 남길 때 하는 것처럼 뭔가 쓸 수 있는 것을 달라고 부탁한다. 그는 나에게 노트르담 성당과 그 앞뜰에서 포옹하고 있는 한 커플의 모습이 담긴 흔한 엽서 사진을 보여준다.

"믿음과 사랑, 전쟁과 평화, 우리의 자본을 완벽하게 요약하고 있는 것 같지 않아."

"난 종교를 무기로 보지 않아."

"그건 네가 이상주의자이기 때문이야."

"그럴지도 모르지."

"언젠가 네게 보여줄 게 있어."

"믿음과 관련한 거야?"

"나중에 보면 알아. 자, 뤼실에게 한마디 써줘. 그녀가 마르세유에 있는 자기 별장에서 우리를 재워줄 거야."

"날짜는 정했어?"

"그래, 이달 마지막 주말에 우리는 칼랑크 절벽을 오를 거야."

그는 지갑에서 우표를 꺼내 엽서에 붙인다.

"가자. 엽서를 우체통에 넣고 출발하자."

"어디로 가는데?"

"이 구역 동쪽으로."

6

　수도로 돌아와 살게 되었다는 기분 좋은 기대감에도 불구하고 나는 처음 이곳에 왔을 때처럼 불안한 마음이 든다. 간판들이 넘쳐나고 호객 행위가 끊이지 않고 사람들로 붐비는 이 거대한 도시에는 거의 두려울 정도로 위협적인 무엇인가가 있다. 반면 내가 지금 살고 있는 도시에는 작은 마을이 주는 평온함이 있다. 시청과 성당을 중심으로 주도로가 뻗어 있고 빵집, 신문 가판대, 정육점과 슈퍼마켓이 있다. 파리에는 20개의 구가 있고, 그만큼의 구청과 수백 개의 성당이 있다. 되유라바르에서는 밤 10시가 넘으면 길에 거의 사람이 없고 차도 별로 다니지 않는다. 하지만 파리의 몽파르나스나 바르베스, 샹젤리제, 바스티유나 레퓌블리크에 산다면 조용할 때가 없다. 발두아즈 지방에 산 지 2년이 된 나는 그곳의 고요함을 좋아하게 되었다.

일단 파리를 벗어나고 나면 가장 힘든 것은 그곳으로 돌아오는 것이다. 마치 오랜 휴식 후에 다시 달리기를 시작할 때 관성이나 지구력을 잃어버렸음을 깨닫는 것과도 같다.

파리가 그곳을 그토록 사랑하는 젊은이들과 서민층을 배척했다고 말하는 게 상황을 과장하는 건 아닐 것이다. 파리는 학생들과 일하는 젊은이들에게 열악한 주거 환경에 비해 터무니없는 집세를 요구한다. 그들은 원룸이나 작은 방 두 개짜리 비좁은 아파트로 몰리는데, 그런 곳조차 비정상적으로 높은 보증금을 요구한다. 1제곱미터당 집세가 낭트, 마르세유, 낭시, 렌보다 네 배나 높아, 파리에서 살면서 수입과 지출의 균형을 맞추기는 힘들다. 젊은이들은 그런 상황에서 어떻게 벗어날 수 있을까? 이 세대는 직장 구하기, 온갖 법률적 장치를 무시한 채 수없이 갱신되는 기간제 계약(CDD),[*1] 실업의 위협이 내재된 고용 불안을 처음으로 경험하고 있다. 파리는 젊은이들도, 그들의 아이들도 사랑하지 않는다. 젊은 커플들이 아이들과 함께 사설 베이비시터들의 정글 속을 각자도생으로 헤쳐나가도록 방치하고, 유아를 돌볼 무료 보육 시설의 확충을 거부한다. 파리가 선호하는 것은 차들을 세울 주차 공간, 일론 머스크의 테슬라를 위한 충전소, '스타트업 네이션[*2]'에 열광하는 이들을 위한 '공유' 사

[*1] Contrat à Durée Déterminée. 임시직이나 대체직으로 사용된다.
[*2] 국민 1인당 창업 비율이 높은 나라.

54

무실, 무인 화장실, 개인의 자유를 침해하는 감시 카메라를 설치하는 것이다. 파리가 역사적인 도심 지역에서 술집을 폐쇄하고 도처에서 음악을 금지시키고 빈치 주차장 안에 비발디 음악을 트는 바람에 젊은 커플들은 테라스에서 파티를 하다가 이혼에 이르렀다. 젊은 이들이 야외를 즐겨 찾자, 파리는 공원 잔디밭에 들어가는 것을 금지하고 덤불 앞에 철책을 세웠다. 파리는 환희와 자유로움을 파괴해버렸다. 파리의 심장은 새로운 연인, 곧 은행과 다국적기업 본사들의 소유가 되었다. 파리는 임대료를 자율에 맡기고 부동산 개발과 '재개발'을 동원해 서민 구역을 말끔하게 정리했다. 새로운 금융전문가들을 위해 체중을 많이 줄이고 '지방 제거'를 하고 가난한 자, 익살꾼, 중독자들, 주변인들을 외곽 순환도로 너머로 밀어냈다. 나가시오, 어서! 모두들 넓은 교외로. '그랑 파리',[3] 곧 대규모 파리는 대규모 사기다! '그랑 파리'에 속한다는 이유로 아르장퇴유[4]까지 가는 데 왜 큰돈을 지불해야 하는가? 그랑 파리는 커다란 환상이고, 도심에서 사람들을 쫓아내고 문을 닫아버리는 마술의 트릭이다. 파리는 탐욕스러워지고, 부르주아적이 되고, 광섬유밭이 되고, 지붕들 위에 중계 안테나를 꽂고, 도로를 끊어버리고, 플라타너스 잎을 밀어버리고, 포석을 아스팔트로 덮어버린다. 파리의 길바닥에는 정지, 주차 금지, 유료 주차, 경찰, 택시, 배달 같은 글자들이 타투처럼 새

★3 파리 및 이를 둘러싼 3개 지역과 주변 마을로 이루어진 파리 광역권을 말한다.
★4 일드프랑스의 도시로, 파리에서 약 12킬로미터 떨어져 있다.

겨져 있다.

우리는 밤 12시 30분에 보나파르트가에 있는 작은 술집 퀘벡에서 나온다. 그 구역의 애연가라면 모두 알고 있는 그곳에 담배를 사러 잠시 들렀다. 생제르맹 대로에는 지나가는 차들이 별로 없다. 우리는 되 마고 카페의 종업원들이 테이블과 의자들을 치우고 있는 맞은편의 인도를 잠시 바라본다. 하얀 셔츠에 검은 조끼 유니폼을 입은 그들은 가버린 시대의 아득한 반향을 보여주는 것 같다. 리프 식당 옆에 있는 한 식당도 크리스털 지구본으로 장식해놓은 진열창 위로 셔터를 내린다.

"이것 좀 봐. 이 사막 말이야, 정말 황량해. 독일 점령하에서도 이보다는 더 활기찼겠어."

"당시에는 연료 제한 공급 때문에 모두 걸어다니거나 자전거를 타고 다녔잖아. 대기오염이 엄청나게 줄었는데 그건 전쟁이 낳은 뜻밖의 효과였지. 도시 전체에 풀 향기가 풍기고 새들의 노랫소리가 들렸다던데."

"이쪽으로 가자." 뱅상이 말한다.

우리는 오데옹 사거리 방향으로 접어들어 부시가를 건넌다. 그런 다음 센가 오른쪽으로 돌아 생미셸 대로를 걷는다.

"이 지역의 마지막 희망이야." 푸른 네온이 켜 있는 올드 네이비 카페를 가리키며 뱅상이 말한다.

이 바는 낮 동안에는 대로에 있는 다른 비스트로 사이에서 전혀 눈에 띄지 않는다. 이 카페가 본모습을 드러내는 때는 한밤중으로 생제르맹의 올빼미족들은 유일하게 밤새도록 문을 여는 이 바를 잘 안다.

"너, 요즘 뭐 쓰는 거 있어?"

"별로. 흥미로울 거 없는 사소한 것들."

"말하자면 어떤 거?"

"단편소설을 쓰는 중이야. 소설집 출간하겠다면 동의해줄래? 대단한 건 아냐. 지금은 다른 게 떠오르질 않아서 말이야."

"이전 단편집은 잘나갔잖아."

"좀더 쓰면 모아서 줄게. 읽어보고 어떤지 말해줘."

"넌 스스로에게 좀 가혹한 거 같아."

"난 창작을 하기 위해선 몸에 에너지를 북돋고 뭔가를 몸으로 경험해야 해. 내가 말로 표현하는 것이 실제로 존재하는지 확인해야 한다고."

"그게 네 책의 특별한 점이야. 사람들이 그 핍진성을 느끼는 거지."

"뤼도빅, 이 큰길이 얼마나 슬픈지 좀 봐. 어째서 모든 게 멈춰버린 거지? 자, 우리 움직이자."

우리는 뱅상의 집이 있는 드라공가 22번지에 도착한다. 육중한 나무 대문은 붉게 칠해져 있고 낮은 케송*5 속에 상당히 깊이 박혀

★5 고전 건축에서 천장이나 벽에 적용한 사각 형태의 틀.

있다. 그는 나에게 건물 꼭대기, 그의 집이 있는 맨 꼭대기 7층을 손짓으로 가리킨다. 새벽 1시 30분. 거기엔 아무도 없고, 소리도 없다. 뱅상은 담배 한 대를 피우면서 생각에 잠긴다. 그는 환한 데로 나와 카페 앞을 지나더니 모퉁이에 가서 선다. 비상용 배관★6이 건물 왼쪽에 설치되어 있다. 그곳은 드라공가 20번지의 건물, 내가 부동산 중개인의 답을 기다리고 있는 문제의 집이 있는 그 건물과의 경계다.

"몸을 묶을 자일을 가져오지 않은 게 아쉽군. 그랬다면 올라가 둘러볼 수 있을 텐데."

"내일 하자. 나 내일 일찍 일어나야 해."

"바로 그거야, 늦게 잘수록 오늘과 내일 사이의 간격이 줄어들잖아. 난 하루를 28시간으로 늘리는 데 찬성이야."

그는 뒤로 몇 걸음 물러서더니 신발과 양말을 벗는다.

"내가 지붕으로 올라갈게. 그런 다음 아래로 내려가 건물 입구에서 너와 만나면 되잖아. 라이터 있어?"

"있어." 나는 그에게 빨간색 빅 라이터를 건넨다.

"넌 정말이지 같은 자일에 묶인 진짜 내 파트너야."

그는 손가락을 집어넣어 주철로 된 관을 움켜쥔 다음 두 팔을 뻗

★6 화재 발생 시 건물 내로 물을 공급할 수 있도록 건물 밖에 설치된 관. 평소에는 비어 있어서 '건식 기둥'으로 불린다.

고 석재 모서리에 첫발을 내려놓는다. 그런 다음 마치 인공 암벽 등반을 하듯 자연스럽게 건물 파사드를 따라 올라간다. 노란 가로등 불빛이 그 빛을 반사해내는 돌담과 석재와 똑같은 톤의 베이지 색이다. 석재에서 빛이 퍼진다.

휴대폰 알림음이 울린다. 아이들 엄마인 안나벨라에게서 문자가 왔다. 그녀는 새학기 학부모 회의를 잊지 말라고 환기시켜준다. 잠들기 직전에 마음에 걸린 모양이다. 나는 그녀에게 짧은 답변과 잘자라는 문자를 보낸다. 아이들의 학교교육이라는 이 힘든 과정에서 그녀를 믿고 의지할 수 있다는 게 다행스럽다. 나는 초중고등학교 시절을 힘들게 보낸 기억이 있다. 나에게는 고통스러웠던 시기로, 그 시스템에 도저히 적응할 수 없었다. 어려운 일이 많았고 만족스러운 일은 거의 없었다. 다니엘 페낙은 한 책에서 유년의 기억을 이야기하는데《학교의 슬픔》이라는 책의 제목에 그 내용이 함축되어 있다.

그녀와 나는 왜 함께 사는 삶을 이어나가는 데 실패한 걸까? 이미 벌어진 일이지만 나는 서글픔과 아픔을 느끼며 생각해본다. 나는 파리가 젊은 커플의 생활을 망쳐버린 것이, 적절한 주거 공간을 확보하는 동시에 아이들을 교육하고 직업상의 경력을 이어가기 위한 잔인한 투쟁으로 그들을 내몬 것이 원망스럽다. 사랑이 어떻게 그런 지옥을 버틸 수 있을지 나는 모르겠다. 파리의 경우 결혼한 부부들 가운데 적어도 절반이 실패를 경험하는 건 놀라운 일이 아니다.

건물 문이 열리고 뱅상이 라이터 빛으로 밝혀진 어둠 속에서 모습을 나타낸다.

　"이제 광산에 들어갈 수 있어. 널 맞을 준비가 됐어, 에티엔 랑티에.[7]"

　"도대체 어떻게 한 거야?"

　"주방 창문을 통해 우리 집으로 들어갔어. 마리엔이 창문을 잠그지 않았더라고."

[7]　탄광촌을 배경으로 한 에밀 졸라의 소설 《제르미날》의 주인공.

7

잠에서 깨니 나는 방처럼 보이는 곳의 바닥에 길게 누워 있다. 방은 작고, 아침의 첫 햇살이 작은 창을 통해 들어오고, 나는 두꺼운 카펫 위에 누워 있다. 머리 밑에는 지난밤 내가 베개 대용으로 공처럼 말아놓은 머플러가 놓여 있다. 나는 셔츠를 윗단추까지 모두 채우고 재킷 깃을 올려 목 아래까지 여민 상태 그대로다. 새벽 6시다. 뱅상은 조금 떨어진 곳에서 옆으로 누워 자고 있다. 그의 얼굴에는 빛을 가릴 수 있게 스카프가 덮여 있다. 오늘은 아이들 개학날이다. 나는 학부모 모임에 참석하기 위해 아이들이 제 엄마와 함께 살고 있는 몽주 광장으로 가기 전에 세수를 하고 싶다.

나는 조용히 일어나 아파트의 구조를 가늠해본다. 어젯밤 내가 라이터 불빛에 의지해 이곳으로 들어오는 동안 뱅상은 자기 여자친구가 어떻게 실내 리노베이션을 하려고 계획하고 있는지 간단하게 설명해주었다. 나는 욕실로 들어간다. 세면대 위쪽의 작은 창 사이로 이미 구식이 되어버린 갈퀴형 안테나 더미가 보인다. 지상파 텔레비전용이다. 이 철제 허수아비들은 도시 풍경에서 급속하게 사라지고 있다.

벽을 새로 칠한 인부들이 두고 간 듯한 비누 조각이 샤워 부스 배수구에 남아 있다. 나는 옷을 벗고 찬물로 몸을 문지른 다음 샤워 부스 안으로 들어간다. 찬물 샤워의 가장 어려운 점은, 몸의 가장 민감한 부분이 집중되어 있는 복부에서 머리 사이에 물줄기를 받는 것이다. 하지만 오늘 아침은 날씨가 따뜻해서 차가운 물줄기가 짧은 잠을 자고 난 내게 활력을 불어넣는다. 새로운 하루에 맞설 준비가 된 것 같은 느낌이 든다. 나는 머리에 비누 거품을 내고 검지 끝으로 비누를 조금 긁어내 이에 문지른다. 그런 다음, 텐트에서 밤을 보낼 경우 꼭 필요한 머플러로 물기를 닦는다. 젖은 머플러는 오토바이 위에서 속도가 일으키는 미지근한 바람에 마를 것이다. 나는 지평선 위로 드러난 지붕들을 마지막으로 바라본다. 복도에서 무슨 소리가 들린다.

"잘 잤어?"
"곯아떨어졌어."
"봐, 파리 꼭대기의 이 순수함, 이 아름다움을. 파리에서는 높은 곳에서 살아야 제대로 사는 느낌이 드는 것 같아."

"이런 풍경을 보면서 잠에서 깨다니 정말 기분이 좋아. 잘 기억이 안 나는데, 네가 어젯밤 커피머신 어쩌구 한 것 같은데?"

"그래, 이 건물에 카페가 있어. 너, 책가방과 교과서를 갖고 학교로 출발하기 전에 시간 좀 있어?"

"20분 정도, 그 후에는 몽주 광장으로 달려가야 해."

"1층으로 내려가서 내 걸로는 에스프레소 투샷과 소금버터빵을 주문해줘. 지금 밖에서 들려오는 갈매기 소리 들려? 바다 공기가 식욕을 자극해 해산물이 먹고 싶어지는데."

갑자기 그가 창문을 열고는 로트레아몽의 〈말도로르의 노래〉 첫 구절을 낭송하기 시작한다. "오래된 바다여, 나 네게 인사하네! 오래된 바다여, 조화로운 너의 둥근 형태가 땅의 무거운 얼굴을 가볍게 해주는구나!"

"좋아, 나 간다. 너무 늦지 마."

나는 바 카운터에 기대 앉아 앞에 놓인 핫초코에 크루아상을 살짝 담근다. 패스트리와 크림이 주는 부드러운 맛이 감미롭다. 나는 이 평화로운 순간을 음미한다. 뱅상이 내 휴대폰을 빌려, 만나기로 한 기자에게 전화를 걸어 약속 시간을 한 시간 늦춘다. 강둑을 따라 조깅할 시간을 갖기 위해서다.

"조용한 게 마치 카시스*¹에 와 있는 것 같아. 뱅상, 좀 바빠 보이는데."

"이사, 새 아파트, 감당해야 할 그 모든 행정 절차 때문에 절망하고 있어."

"필요하다면 내가 가구 옮기는 걸 도와줄 수 있어."

"정말 고맙긴 한데 내가 정신 차리고 은행에 전화하고 이삿짐센터에 돈을 지불하기만 하면 돼."

"행정 서류와 은행 서류 중 어느 게 더 고약한지 궁금해."

"막상막하야. 그래서 나는 은행에서 온 편지든 국세청에서 온 편지든 절대 열어보지 않아. 내가 잘못하는 건가?"

"최악의 우편물은 등기우편이야. 언제나 나쁜 소식이 담겨 있지."

"너무 그러지 마, 에티엔 랑티에. 난 네가 수렁에 빠지게 내버려두지 않을 거야."

"이 거리는 아름다워, 나도 얼른 이사 오고 싶어."

"맞아, 쇼핑센터처럼 보이는 저 천박한 상점들이 있는데도 그래. 저 요란한 게시판과 광고판들이 이곳을 망치고 있어. 내가 왜 그렇게 지붕을 좋아하는지 알아?! 바쿠닌이 말했지. 모든 것을 쓸어버리고 모든 것을 다시 세운다. 아나키즘, 그것이야말로 해결책이다. 아침은 내가 살게."

★¹ 마르세유에서 동쪽으로 약 30킬로미터 떨어져 있는 아름다운 지중해 해변 마을.

두 시간 후 나는 우편으로 온 새 신용카드와 은행에서 보낸 편지를 받는다. 신용대출 문제 때문에 내 계좌에서 수수료가 인출되었다는 내용이다. 나는 즉각 담당자에게 전화를 건다.

"보몽 씨, 이 수수료 건 때문에 정말 황당해서요……."

"어떻게 된 건지 자료를 살펴보겠습니다."

그가 컴퓨터 자판을 두드리고 무어라 알 수 없는 말을 중얼거리는 소리가 들린다.

"선생님 계좌에서 31일이 넘게 연속으로 인출되었는데요. 이 경우 자동으로 과징 수수료가 적용됩니다."

"알다시피 전 지금 이사를 준비하는 중입니다. 그래서 당신과 함께 대출 업무를 진행했고요. 예상치 못한 지출이 생긴 거예요. 상황을 개선하려면 내 계좌에서 돈을 빼가서는 안 되죠. 이건 멍청한 짓입니다."

"예의를 지켜주십시오, 에스캉드 씨."

"예의를 지켜서 말씀드리는데, 상황이 완전히 불합리하다는 걸 인정하시죠."

"이건 제가 마음대로 할 수 있는 시스템이 아니에요. 저희 은행의 모든 지점이 동일한 프로그램을 쓰고 있고요."

"그렇다면 이제 내 계좌의 잔고가 플러스가 되었으니, 그 수수료를 되돌려주시는 게 맞겠네요. 보몽 씨. 그렇게 빠져나간 돈이 모두 얼마나 되는지 짐작하세요?"

"조금 전 말씀드린 대로 저는 이런 조치를 취할 권한이 없습니다. 이건 전적으로 본부에서 운용하는 프로그램이라서요."

"이것 보세요, 본부니 운용이니 하는 말씀을 전혀 이해 못하겠는데요."

"저희 은행의 데이터센터를 말하는 겁니다."

"어떻게 손을 써보실 수 있을 것 같은데요."

"죄송합니다만 불가능합니다."

스티브 보몽은 나와 통화하는 동안 영혼 없는 대답을 이어나간다. 감정이 배제된 똑같은 어조로 말하는데, 나는 그것이 무관심에서 비롯된 것인지, 숫기 없음의 한 형태인지 알 도리가 없다.

"하지만 좋은 소식이 있습니다, 에스캉드 씨. 선생님이 신청하신 대출이 본부에서 승인되었습니다. 이번 주 안으로 선생님 계좌에 입금될 겁니다."

나는 전화를 끊으면서 문제를 해결하기는커녕 미래의 어느 순간으로 미뤄버리는 고약한 상황에 휘말린 것 같은 느낌이 들었다. 지금부터 그 순간이 오기 전까지 파격적인 해결책을 찾지 못한다면 더 이상 헤어날 수 없을 것 같은 그런 상황에.

8

막신이 자기 집 주방에서 기타를 연주하고 있다. 나는 소파에 앉아 원고를 읽으며 저자와 의논하고 싶은 점을 연필로 여백에 적는 중이다. 저녁 7시, 14구 광장 쪽으로 난 창문들이 열려 있다. 황혼녘 어스름 속에서 아이들이 잔디밭에서 공놀이를 하는 동안 그들의 부모들은 한옆에서 이야기를 나눈다. 막신이 부르는 닐 영의 노랫소리에 아이들의 웃음소리와 제비들의 울음소리가 뒤섞인다. 황갈색 햇빛이 커피 테이블 맞은편의 환한 벽에 후광을 드리운다. 대기에서는 신선한 풀 냄새와 자동 스프링쿨러에서 나오는 물에 젖은 덤불 냄새가 풍긴다. 막신이 기타를 손에 들고 소파로 다가와 나와 무릎을 맞대고 앉는다.

"그거 재미있어?"

"아직은 잘 모르겠는데 어쨌든 흥미로워. 첫 소설인데 저자의 문체가 특이해."

"아는 사람이야?"

"아니, 우편으로 온 원고야. 나이가 24세 정도 되는 것 같아. 정말 젊지. 하지만 이런 정보들이 정확하다는 보장은 없어. 모든 게 가능하지. 사실 그게 더 낫고."

"왜?"

"난 글쓴이에 대해 너무 많이 알고 싶지 않아. 그래야 줄곧 텍스트에 집중할 수 있어서."

"난 작가가 어떤 사람인지 아는 게 좋은데. 그러면 책의 의도를 이해하는 데 도움이 되는 것 같더라고."

"꼭 그렇진 않아. 특히 급진적인 성향의 원고를 읽을 때는 개인적인 인상을 고려해선 안 돼. 일단 한번 읽은 다음 어떤지를 보는 거지. 난 이 원고를 오늘 밤 다 읽고 싶은데 이 얘긴 이쯤 해둘까?"

"아 그래?! 바보 같은 짓이야. 저녁이 얼마나 아름다운지 좀 봐. 난 함께 나가서 영화를 보고 강둑에서 술 한잔 하고 싶었는데."

"여기서 스시를 주문하고 넷플릭스에서 영화를 보면 되잖아."

"알았어. 하지만 금요일에는 엘렌이 꼭 보라고 한 몰리에르의 연극을 보러 같이 극장에 가는 거야."

"이번 주말에 내가 아이들을 데리고 있어야 하는 차례가 아닌지 확인해볼게."

나는 일정표를 연다. 아이들 돌보는 일정을 매년 애들 엄마와 의논해 결정한다. 이혼한 가정의 일반적인 상황이다. 막신은 파트너와 이혼했고 어린 아들이 있다. 나는 아이의 얼굴을 주방 벽에 꽂혀 있는 사진에서 보았다. 막신은 전남편과 반반씩 아이 양육을 분담하지만 내 경우는 그렇지 않다. 나와 안나벨라는 우리 아이들이 지금은 한곳에서 생활하는 것이 더 낫다고 생각했다.

"토요일 아침에 애들을 데리러 가면 돼. 내 표도 구해줘."

"엘렌이 이미 좌석을 예약했어. 내가 확실히 해두고 싶어 했거든."

막신은 휴대폰 자판을 두드리고 나는 그녀의 머리카락이 목을 따라 흘러내리는 것을 바라본다. 그녀는 흰 셔츠에 물 빠진 청바지를 입고 있다. 나는 그녀의 섬세한 손가락들이 화면을 가로지르며 배달 앱을 조작하는 것을 바라본다. 그녀가 내 쪽으로 고개를 돌린다. 나는 그녀의 연밤색 눈을 물끄러미 들여다본다.

"무슨 일이야?" 그녀가 웃으며 묻는다.

"당신이 어렸을 때 어떤 모습이었을지 궁금해."

"머리를 타래로 묶었고 코는 아직 이렇게 끔찍하지 않았어."

"난 당신 코가 완벽하다고 생각해. 당신에겐 독특한 아름다움이 있어."

"그 평가를 어떻게 해석해야 할지 모르겠는걸."

"칭찬이야, 막신."

"좀더 잘해봐. 당신 책 많이 읽었잖아, 안 그래?"

"당신은 아름다워."

"점점 나아지는군. 당신이 시를 쓰지 않아서 다행이야. 그랬다간
재앙일 테니까." 그녀가 기타를 손가락으로 뜯으며 말한다.

그녀는 머레이 헤드 노래의 첫 화음을 연주하고, 노래가 나올 때
가 되자 첫 소절을 흥얼거린다. 그의 최고 히트곡 중 하나인 〈그게
아니라고 말해줘, 조Say it ain't so, Joe〉다. 나는 대화할 때보다 훨씬
허스키하게 울려오는 막신의 목소리에 놀란다. 마치 막신 대신에
누군가 다른 사람이 음악의 힘을 빌려 노래하고 있는 것 같다. 빛이
사위어가고 광장에 서 있는 나무의 가지들이 불그스름한 하늘을 배
경으로 검은 아라베스크 무늬를 그린다. 제비들이 작은 부메랑처럼
빙빙 돌고 있는 모습이 여전히 보인다. 평화로운 광경이지만 나는
왠지 불안하다. 이렇게 고요한 순간이 어떻게 동시에 불안의 원천이
될 수 있는 것일까?

"무슨 노래인지 알겠어?"

"응, 아름다워."

"기분 좋아. 마침내 이 곡 전체를 연주할 수 있게 됐거든. 나 좀
봐, 당신 표정이 심각한데, 뭐 잘 안 되는 거 있어?"

"그런 거 없어."

"좋아, 당신 파일을 같이 살펴보고 이 빌어먹을 추천서를 만들어
보자."

막신이 거실로 나간다. 그녀는 기타를 책꽂이에 기대어두고 노트북을 가져와 우리 둘 사이에 있는 두툼한 벨루어 쿠션 위에 올려놓는다.

"시원찮은 방 두 개짜리 집을 빌리는 데 이걸 모두 요구하다니 정신 나간 짓이야. 당신은 왜 파리에서 다른 집을 찾아보지 않는 거야?"

"난 그 아파트가 좋아. 그리고 집을 구하러 다니는 게 지긋지긋해. 아마도 2년 후에는 다시 이사할 테니 거긴 임시 거처일 뿐이야. 리듬을 회복하는 시간을 갖는달까."

"그럼 아이들은?"

"방은 아이들에게 주고 나는 거실에서 잘 거야. 침대 겸용 소파라도 상관없어. 진짜 사치는 공간이 아니라 아이들과 함께 있는 시간을 더 많이 갖는 거야."

"당신이 괜찮다면 여기서 자도 돼. 지금 당장 거절하지는 마. 열쇠를 하나 줄 테니 편하게 움직이라고."

"내 말 좀 들어봐, 정말 친절한 말이지만…… 난 당신 아들과 인사조차 안 했잖아."

"너무 깊이 생각하지 마. 아이가 언제 여기 있고 언제 없는지는 당신도 잘 알잖아. 좋아, 이제 이 문서를 작성할 준비가 됐어, 아니면 여전히 당신 운명을 두고 투덜댈 거야?"

"준비됐거든." 나는 그녀의 말에 살짝 약이 올라 말했다.

"내가 당신에게 철근 콘크리트처럼 확실한 보증인을 만들어줄게, 햄릿."

"햄릿?"

"그게 당신한테 어울려…… '투 비 오어 낫 투비'……."

"그만 웃기시지, 기타의 레이디 가가."

"난 그 가수 엄청 좋아해! 됐고, 지금 오래된 급여명세서를 스캔했어. 내용을 전부 바꿀 거야. 이제 당신에게 다논의 재무 이사로 있는 숙모와 대형 회계 법인에 다니는 친구를 만들어줄게."

"당신은 어떻게 그런 걸 할 줄 알아?"

"내겐 머리와 두 손이 있거든."

"그래도 이건 좀 심한 거 아냐?"

"아니, 이건 전쟁이야. 이게 삐까번쩍하고 인상적일수록 사람들이 앞다투어 당신에게 자기네 성문을 열어줄 거야, 햄릿."

"막신, 날 햄릿이라고 부르는 거 이제 그만해."

9

시위대가 행진하다 과격해질 것을 염려한 경찰 당국은 그 구역을 봉쇄했다. 인파가 오렌지빛 깃발을 흔들며 무슨 물결처럼 지나간다. 트럭 위에 묶어놓은 거대한 스피커에서 흘러나오는 노래가 시위대의 힘을 북돋는 것 같다. 경찰은 생제르맹 대로 초입에 비닐 끈을 둘러쳐 사람들의 출입을 막고 있다. 아직은 시위가 불법이 아니지만, 격분한 당국은 모든 이들을 의심에 찬 시선으로 감시한다. 명품 매장 근처에는 더 많은 요원들을 투입해 경비를 강화했다. 렌가 아래, 생제르맹 성당 광장 교차로에 있는 아르마니와 루이 뷔통 매장 앞에는 CRS*¹가 팔에 회색 플라스틱 방패를 끼고 방탄 안면 보호대가

★¹ 프랑스 보안기동대Compagnies Républicaines de Sécurite. 주로 질서 유지를 담당하는 프랑스 특수 경찰. 특히 시위 진압을 위해 고도로 훈련된 것으로 알려져 있다.

달린 군모를 쓴 채 서 있다. 구호와 나팔 소리가 왁자지껄하게 울리는 가운데 군중이 멀어져간다. 스쿠터를 탄 경찰이 행렬을 둘러싸고 있다. 바닥에는 전단과 플라스틱 컵, 음료수 캔이 널브러져 있다. 녹색 작업복에 노란 조끼를 걸친 한 무리의 청소부들이 쓰레기를 수거한다. 그들은 자동 빗자루와 물 분사기가 달린 청소차에 매달려 앞으로 나아간다. 네 개의 바퀴가 달린 이 청소차는 카처 고압 청소기에서 나오는 강력한 물살로 걸리적거리는 것을 말끔히 쓸어버린다. 물에 젖은 아스팔트가 마치 새로 깐 것처럼 반짝거린다. 이 깨끗함에는 뭔가 건강하지 못한 것, 항의의 모든 흔적을 없애야 한다는 강박관념이 있다. 몇 분 동안 대로에 사람 하나 없는 기이한 풍경이 연출된다. 뱅상이 생트페르가 모퉁이에서 모습을 드러내고, 대로를 막고 있던 경찰들이 통제선을 넘어가려는 그를 자전거에서 내리게 한다. 그가 자전거를 끌면서 다가온다.

"시위대 뒤에서 자전거를 타는 게 공공질서를 위협하는 행위래. 지금 막 들은 얘기야. 나중에는 걸어다닐래도 면허증이 있어야겠는걸." 그가 말한다.

"시위대보다 경찰 숫자가 더 많았어."

"무슨 시위인데 그래?"

"은퇴 연금에 관한 것 같아."

"은퇴, 나는 패주보다 침입이 좋아, 존재의 침입 말이야."

"자전거 묶어놔. 저녁 먹으러 가자. 나 배고파."

"피크닉 어때?"

"어디로?"

"뤽상부르 공원으로."

"거긴 저녁에 문 닫잖아."

"바로 맞혔어. 한 시간 동안 이것저것 필요한 걸 사고 그다음엔 공원에 갇히는 거지."

"거기서 어떻게 나오려고?"

"다른 사람들처럼 철문을 기어오르는 거야. 넌 필요한 걸 사 와. 난 사무실에 들러 적당한 자일과 하네스를 가져올게."

"저녁 식사로 먹고 싶은 걸 말해봐."

"옥수수 통조림, 정어리 통조림, 바게트, 훈제 청어, 통조림 감자, 방돌 포도주 한 병."

"그냥 간단하게 샌드위치가 낫지 않아?"

"무슨 끔찍한 소리야……. 마른 빵에 물은 왜 안 되고? 너 지드가 뭐라고 했는지 알아?"

"몰라."

"《지상의 양식》에 이런 구절이 있어. '당신이 먹는 것이 당신을 우울하게 만든다면 당신은 아직 충분히 배가 고프지 않은 것이다.' 그럼 30분 후에 베를렌 동상 앞에서 만나."

나는 생쉴피스 광장에서 나와 보나파르트가를 지나, 끝이 뾰족한 높은 철책으로 둘러싸인 뤽상부르 공원 앞에 이른다. 나는 철책을 뚫고 지나가지 않고는 넘어가기가 불가능할 것 같다는 생각을 하며 뤽상부르 공원 서쪽 옆에 있는 기네메르가로 접어든다. 저녁 7시 20분, 헌병들이 공원 입구에서 입장을 제한하기 시작한다. 공원은 8시에 문을 닫는다. 나는 동쪽으로, 팡테옹과 수플로가로 질러가려고 공원을 가로지르려는 것뿐이라고 말한다. 헌병은 나를 들여보낸다. 짙은 색 벨루어 재킷과 연푸른색 셔츠, 저녁 식사 거리가 든 크래프트 종이봉투를 든 내 모습은 버젓하고 평범해 보인다. 귀네메르가는 파리에서 가장 살고 싶은 지역 가운데 하나로 꼽힌다. 그곳의 9층 건물들은 아주 뚜렷하게 두 타입으로 나뉜다. 플뢰리스가 왼쪽에는 오스만 양식의 건물들이 있고, 오른쪽에는 좀더 현대적인 건물들이 있다. 그 건물들에는 널찍한 발코니가 딸려 있고 거기서 무성한 덤불이 파사드 위로 드리워져 있다. 이 건물들에서는 뤽상부르 공원의 잎이 무성한 가지와 더불어 팡테옹의 둥근 지붕, 눈길을 사로잡는 노트르담 성당의 첨탑이 보이는, 내가 종종 꿈꾸던 전망이 펼쳐진다.

뱅상이 잔디밭 한가운데 서 있는 폴 베를렌의 동상 앞에 놓인, 등받이가 비스듬한 의자에 앉아 나를 기다리며 졸고 있다. 나는 의자 하나를 끌고 와 그의 옆에 앉는다. 시인의 장중한 흉상 뒤로 수백 년 된 울창한 밤나무의 가지가 펼쳐져 있고, 앵무새 무리가 그 속에 자리를 잡고 있다. 하얀 돌로 된 오벨리스크 아래의 연보랏빛과 분홍빛 꽃으로 가득한 꽃밭이 미간을 찌푸리고 있는 턱수염이 빽빽한 서른 살 무렵 베를렌 동상의 심각한 얼굴을 밝혀준다.

"내가 오래 잤어?"

"아니, 난 지금 막 왔어."

"지금 몇 시지?"

"7시 30분."

"서두르자. 곧 경비들이 공원에 남아 있는 사람이 없는지 확인하러 순찰을 돌기 시작할 거야. 저리로 가자, 내가 좋은 은신처를 알고 있어."

"난 이 베를렌 동상을 볼 때마다 놀라. 당대에 배척당했던 시인의 동상이 여기 서 있다니 아이러니야. 아르튀르 랭보와의 지독한 커플 관계, 브뤼셀 호텔방의 총격……."

"그게 다가 아냐. 그의 전기를 읽어보면 그의 삶이 얼마나 엉망진창이었는지 알 수 있어."

우리는 공원 한가운데로 난 큰길을 가로질러 수국들 사이로 난 좁은 길로 접어들었다가 레바논삼나무 아래 펼쳐진 잔디밭으로 나온다. 이 마지막 오솔길은 바뱅 광장 옆 중앙로를 따라 이어진다. 우리는 페탕크 게임장 앞을 지나간다. 몇몇 사람이 모래 트랙 위에서 이야기를 나누고 있다. 널빤지로 된 울타리 안에서 그들은 가죽 케이스 안에 강철 공을 넣어 정리한다. 대부분 은퇴할 나이가 된 이들로, 그 옆을 지나가는데 포르투갈어로 말하는 소리가 들린다. 뱅상은 룩

셈부르크 페탕크 협회*² 가 장비를 넣어두는 나무로 된 키오스크를 가리킨다. 눈에 잘 띄지 않는 왼쪽 통로는 야외 소변기가 있는 곳으로 통하는데, 이는 파리에 가스등과 남자용 공동변소가 있던 시대의 흔적이라 할 수 있다.

"저 남자용 공동변소 뒤로 갈 거야. 헌병들이 여기까지 와서 우리를 발견할 위험은 거의 없어."

"그다음에는?"

"꼼짝하지 않고 소리도 내지 말고 30분쯤 기다려야지. 그런 다음 벌통들을 보호해주는 생울타리 뒤로 가서 숨자."

우리는 빽빽한 덤불 속으로 들어가 소변기를 등지고 바닥에 앉는다. 공원이 철문을 닫은 지 15분이 되었다. 인동덩굴과 축축한 흙 냄새가 뒤섞여 역한 향이 우리 자리까지 풍겨온다. 해가 지구 반대편으로 모습을 감춘다. 뱅상이 낮은 목소리로 말한다.

"이거 네 거야." 그가 헤드랜턴을 내민다.

"공원 경비원들이 지나가는 소리가 들리는데."

"맞아, 노숙자들을 잡으러 다니는 거야."

"헤드랜턴의 조명색을 빨간색으로 맞추는 게 좋아. 그래야 다른 사람 눈에 덜 띌 거야. 10분만 더 있다가 벌통 쪽으로 가자."

★2 페탕크 혹은 전통적인 볼 게임을 지원·홍보하는 룩셈부르크의 단체.

우리는 자갈 위를 걷는 발소리가 멀어지기를 기다렸다가 덤불 밖으로 나온다. 걸으면서 배낭이 나뭇가지에 걸리지 않도록 조심한다. 양봉 벌통들은 오귀스트콩트가 아래쪽, 즉 뤽상부르 공원 남쪽 끝에서 가장 가까운 대로의 맞은편에 있다. 어둠이 내리면서 티티새들의 노랫소리가 그림자 속에서 커진다. 우리는 헤드랜턴의 희미한 빛에 의지해 걸음을 옮긴다. 나무들 뒤에서 톱니 모양 지붕이 달린 회전목마가 나타나는데, 그 앞에는 분수가 설치된 작고 둥근 뜰이 있다. 작은 탑처럼 생긴 20여 개의 꿀벌통이 함석 모자를 쓰고 뜰 가장자리에 놓여 있다. 황혼의 형광빛 분광 속을 날아다니는 벌들이 윙윙거리는 소리가 들린다. 뱅상이 벌통 반대편으로 돌아가서 가장 어두운 곳에 있는 테두리돌 위에 앉는다. 우리는 어둠 속에서 벌들이 날아다니는 소리를 듣는다. 밤이 그들을 벌통으로 돌려보낸다. 이따금 멀리서 아사스가를 달리는 자동차의 모터 소리가 공원의 소음에 묻혀 한풀 죽은 채 들려온다. 나는 파테와 바게트를 꺼내고, 뱅상은 빵에 파테를 바른 뒤 몇 조각으로 자른다. 그는 자신이 가져온 진짜 유리잔에 방돌 로제 포도주를 채운다.

"난 플라스틱 잔에 마시는 게 싫어. 그건 포도주에 대한 모독이야. 이 고요함이 느껴지지. 마치 시골에 와 있는 것 같아."

"벌들이 윙윙거려서 특히 그런 것 같아."

"1856년 앙리라는 사람이 뤽상부르 종묘장에 양봉장을 만들 생각을 했어. 저기 있는 분수는 최근인 1990년에 벌들이 와서 물을 마실 수 있게 만든 건데, 어째 벌들은 우리가 금방 지나온 소변기에서 물을 마시는 걸 더 좋아하는 것 같아. 재미있지 않아?"

"베를렌이 그 얘길 마음에 들어하겠는걸. 그는 천한 곳에서 몸의 열기를 식히는 걸 좋아했잖아."

"딱한 렐리안."

"요즘 그렇게 살았다간 바로 감옥에 가거나 정신병원에 입원해야 할걸. 실제로 벨기에의 감옥과 호스피스에서 삶의 마지막 몇 달을 보냈으니 그에게도 그런 일이 일어난 셈이고. 너, 그의 시 좋아해?"

"난 그의 시를 끊임없이 읽고 또 읽어. 고갈되지 않는 감동의 원천이야."

"난 그의 종교적인 시는 별로야."

"난 그의 삶에 대해 알고 난 뒤에야 그가 얼마나 랭보를 사랑했는지 알게 됐어. 그들이 런던으로 떠났을 때 랭보는 돈 한푼 없이 그를 내버려두었지. 베를렌은 여러 주 동안 그를 기다렸고 가슴 찢어지는 사랑의 편지를 썼어."

우리는 통조림 통에 담긴 정어리를 칼끝으로 찍어 먹는다. 이제 사방은 완전히 어두워졌지만, 하늘은 오염된 파리의 눈부신 돔 아래에서 여전히 노란색이다. 도시화된 공간을 벗어나면 매번 우리는 수없이 많은 별들의 존재와 그 선명함에 놀란다. NRF의 처음 몇 호에 실린, 속도와 전기를 찬양하는 폴 모랑의 글이 생각난다. 도시의 건물 파사드와 거리를 덮치는 이 새로운 에너지의 갑작스러운 등장에 매혹된 예술가들이 많다. 1920년대에 폴 모랑, 블레즈 상드라르, 초현실주의자들 그리고 화가 들로네 커플은 자신들의 작품에 전기의 요정을 끌어들였다. 오늘날 와트*³는 너무나도 당연하게 도처에 침투해 있고, 그것이 원자로에서 나왔는지 풍력발전기에서 나왔는지 아니면 수력발전소에서 나왔는지 우리는 알려고 하지 않는다. 우리는 그저 스위치를 돌릴 뿐이다. 암페어*⁴는 소리를 증폭시켰고, 볼트*⁵는 모든 전자기기의 연결을 가능하게 하며 도시에서는 휴대폰을 위한 안테나에서 방출되는 전자파가 닿지 않는 곳이 없다. 우리의 신경계가 이 전기장의 끊임없는 폭격으로부터 무사할 거라고 누가 장담할 수 있을까? 우리 귀에 여전히 어둠 속을 울리는 입자와도 같은, 벌들이 날아다니는 소리가 들린다. 세벤산맥에서 보낸 몇 차례의 여름 동안 할머니 댁 위쪽의 양봉 농가에 갔던 일이 생각난다. 그곳 주인은 작은 나무 막대기로 밤꿀을 떠서 맛보게 해주었다.

"더 먹을래?" 뱅상이 묻는다.

"아니 됐어. 여기 별빛 아래에서 자면서 밤을 보내면 좋을 텐데."

"잠자리에 들기엔 너무 일러. 가자, 올라가야지……."

"어디를?"

"이 근처의 멋진 루트를 소개해줄게. 네가 쓸 하네스, 등반화, 하

★³ 전력 측정 단위로 에너지의 변환 또는 전달 속도를 나타낸다.
★⁴ 전류의 단위로 전하의 흐름을 측정한다.
★⁵ 전압의 단위로 전위차 또는 전기적인 압력을 측정한다.

강기를 가져왔어. 좋아, 이번에는 가볍게 몸을 풀어보자고. 가장 신경 쓰이는 부분은 어떻게 접근하느냐야. 경비가 삼엄한 곳이거든."

"헤드랜턴을 쓸까?"

"주머니에 넣어둬. 지붕 위에서나 필요할 거야."

"어디로 가는 건지 알려줄 수 있어?"

"생쉴피스 성당을 등반할 거야."

이내 자정이 되고 우리는 기네메르가 9번지에 위치한 출구를 둘러싸고 있는 기둥 중 하나에 기어올라 공원을 나온다. 그 구역에는 아무도 없어서 우리는 느긋하게 걸어 좁은 페루가를 지나 신고전주의 양식의 장중한 성당이 서 있는 광장에 이른다.

오른쪽 탑의 꼭대기는 낙하산 착륙장과 비슷하다. 커다란 원형 공간으로 지상 80미터 높이에 있다. 첫 번째 탑에 이른 우리는 생드니 예배당과 익랑★6 사이로 올라가는 함석 경사면을 따라 걷는다. 뱅상이 어둠 속에서 앞서 걷는다. 그는 그 길을 환히 알고 있다. 우리는 남쪽 탑으로 들어가 돌계단에 이른다. 건물 안으로 들어간 다음에는 계단에서 미끄러지지 않기 위해 랜턴을 켠다. 탑 꼭대기에 있는 테라스에서는 수도의 좌안 전체가 내려다보인다. 전면에는 몽파르나스 타워가 있고 그 너머에는 에펠탑, 북쪽으로는 사크레쾨르 성당, 서쪽으로는 팡테옹의 돔이 로마의 환영처럼 파리 풍경 속에

★6 교회 건축에서 본당과 직각으로 교차되는 회랑. 수랑이라고도 한다.

자리하고 있다. 눈길이 닿는 곳마다 불 밝힌 창들의 희미한 빛이 도시를 밝히고 빛 하나하나가 이야기를 들려준다. 우리는 지붕 위의 그런 가벼움 덕택에 관조의 시간을 즐기고, 마음의 걱정을 내려놓는다.

"올라올 가치가 있지, 안 그래?"

"파리의 기념물들은 지붕을 24시간 내내 대중에게 개방해야 해."

"파리 지방자치회나 선거인 명부에 등록하지 그래. 크게 지지받지는 못하겠지만."

"매력적인 아이디어 아냐?"

"대중에게 받아들여지기에는 지나치게 매력적이야."

"넌 비관주의자야."

"넌 이상주의자고. 크리스토퍼 콜럼버스 같아." 뱅상이 내 어깨를 토닥이며 말한다.

"뭐라고?"

"크리스토퍼 콜럼버스는 최초의 사회주의자였어. 그는 자신이 어디로 가고 있는지 몰랐고, 그런 상황에서 납세자들의 돈으로 그 모든 것을 해낸 거야."

"난 배만 봐도 멀미가 나는데."

"파테 남은 거 있어?"

"아니, 하지만 소시지와 방돌 포도주는 좀 남았어."

"자유를 위해 건배하자고!"

"그라시아스 아 라 비다!"★7

한 시간 동안 우리는 희미하게 깜빡거리는 도시 불빛의 미세한 변화를 응시하고, 느릿한 밤의 리듬과 깜빡거리며 꺼졌다가 켜지는 반딧불이의 발레가 보여주는 완벽한 조화에 감탄한다. 뱅상은 자신이 곧 키예프로 떠날 거라고, 그곳에서 우크라이나 학생들에게 강연을 해야 한다고 알려준다. 그런 다음 체류 기간을 연장해 우크라이나 동쪽으로 더 들어갈 거라고 한다. 수도를 방문한 후 오데사에 들를 것이고, 그곳에서 파트너인 마리안과 합류해 그녀에게 그 우아한 흑해의 항구와 연극, 발레 그리고 거대한 포톰킨 계단[*8]을 보여줄 거라고 한다.

★7 '삶에 감사해'라는 뜻의 스페인어. 아르헨티나의 민중 가수 메르세데스 소사의 노래 제목이기도 하다.
★8 우크라이나 오데사에 있는 높이 27미터, 계단수 192개의 계단을 말한다.

10

새벽 4시. 악몽을 꾸다 잠에서 깨는 일이 이 주일째 반복되고 있다. 부동산 사무실에 제출한 가짜 보증인 서류가 효과를 발휘해 나는 이 집을 빌리는 데 성공했다. 새벽 4시, 생각이 뒤바뀌는 시간이다. 밤이 깊어질수록 불안할 정도로 머릿속이 침울해진다. 그렇게 뒤숭숭한 반수면 상태에서 힘들어하고 있는데, 마루에 놓인 전화기가 진동하기 시작한다. 막신에게서 메시지가 왔다. 내가 보고 싶다고, 나와 함께 스티브 매퀸이 나오는 옛날 서부영화를 보았으면 좋았을 거라는 내용이다. 환하게 밝혀진 휴대폰 화면의 글자들이 나에게 안타까운 진실을 강조해서 알려준다. 환한 휴대폰 화면에 뜬 막신의 메시지 중 마지막 구절을 읽으면서 나는 양심의 불유쾌한 심문을 피할 수 없다. 나는 회피하고 주저한다. 어둠 속에서 두 눈을 뜨고 밖에서 들어오는 가로등 불빛이 천장에 그리는 빛의 띠를 바라본다. 실내에서는 여전히 집수리에 사용된 시큼한 접착제, 톡 쏘는 페인트 냄새 같은 것이 난다. 한 시간 내로 잠들 가능성이 없을 것 같아 나는 일어나서 아이들 방 창문 앞에 선다. 거실의 침대 겸용 소파를 펼치고 자는 대신 아이들 방의 이층 침대 밑칸에서 잠을 깬 참이다. 불길한 생각의 최면에 걸리기 전에 정신을 차리려 애쓴다. 알람시계가 4시 5분을 가리키고 있다. 최악의 시간이다. 다시 잠들기에는 너무 늦었고 일어나기에는 너무 이른, 이도 저도 아닌 시각이다. 컴퓨터를 켜는 것은 말도 안 된다. 이 시간에 웹 서핑을 하다 보면 언제나 재난 동영상을 보게 된다. 양을 세다보면 자꾸 숫자를 놓치기 때문에 나는 대신 수첩을 꺼내 프랑스 여행 중 가장 인상 깊었던 장소를 적어 내려간다.

1. 몽블랑산: 발로 대피소 너머의 마지막 능선.
2. 브리옹산: 세벤산맥의 라살 마을 위 해발 850미터 작은 봉우리. 그곳에서는 북쪽의 세벤국립공원과 남쪽에 있는 방투산의 독특한 파노라마를 볼 수 있다. 에그모르트에서부터 세트항港에 이르기까지 사방이 보인다.
3. 프랑스 북부 몽티뉘르샤르티프와 티롱가르데 사이의 GR 35 도로. 들판과 숲 사이로 난 20킬로미터에 달하는 현란한 작은 길들을 통해 평원 한복판을 누빌 수 있다.
4. 프랑스 남부 지중해에 면한, 카시스와 라시오타 사이의 카나유 곶의 절벽. 여름이면 아름다운 별빛 아래서 자고, 황혼녘에는 미묘

하게 다른 온갖 푸른빛이 북극의 오로라처럼 펼쳐진다.

5. 프랑스 알프스의 핵심인 에크랭 산괴 안의 그랑드 사뉴 봉우리. 꼭대기에서 바르 데 에크랭 봉우리를 포함하는 많은 봉우리들의 장엄한 서커스를 감상할 수 있다.

6. 카리브해 마르티니크섬의 생트안 마을에 있는 랑스 뫼니에 해변. 맹그로브 나무들이 우거진 고운 모래 해변이다.

7. 프랑스 남동부 로제르 지방의 오스피탈레고원. 해발 1,000미터에 자리 잡은 코스 공원 가장자리에 위치한 고원. 자연석으로 쌓은 돌담 사이로 노란 풀이 펼쳐진 초원으로, 서부영화의 무대를 횡단하는 듯한 느낌을 준다.

8. 프랑스 남부 카마르그 지방의 바카레스 연못. 프랑스에서 가장 원시적인 풍경 중 하나로, 갯벌 군데군데에 검은 황소들이 풀을 뜯는 초원이 펼쳐지는 광활한 연안 지대이다. 바다로 이어지는 흙길 몇 개를 지나면 수천 마리의 홍학이 환각처럼 뛰어노는 넓은 물가가 나온다.

9. 코르시카섬 북쪽 끝 코르스곶에 있는 카나리 마을. 지중해가 내려다보이는 절벽 위에 자리 잡은 그리스 풍 마을로, 작은 성당이 있는 광장이 키클라데스제도[*1]의 아모르고스 마을을 연상시킨다.

10. 프랑스 남부 마르세유의 절벽. 하루가 끝날 즈음 햇빛은 황갈색으로 바뀌어 도시 위에 오리엔트 풍 베일을 드리운다. 해수욕객들

★1 그리스 본토 남동쪽, 에게해에 있는 그리스 군도.

은 해변에서 올라와 바다를 따라 걷다 테라스로 돌아가 꿈 같은 하루를 연장하는 행복을 맛볼 수 있다.

나는 펜을 내려놓고 건물 뒤쪽으로 난 창문을 향해 눈길을 든다. 지붕 위로 벌써 희붐한 하늘이 보인다. 5시 30분이다. 추억을 더듬으며 프랑스를 횡단하는 가상의 여행은 내가 애착을 느끼는 장소들에 대한 농밀한 이미지뿐 아니라 내 삶의 다양한 순간과 연결된 강렬한 감정을 불러일으킨다. 마치 향기로운 수지처럼 작용하는 추억 덕분에 나는 내 혈관 속을 흐르는 그 따뜻한 감정을 여전히 느낄 수 있다. 혹시 아름다운 풍경이 우리의 뇌에 화학적인 영향을 끼치는 것은 아닐까? 나는 두 시간 동안 짧은 잠을 자기 위해 침대 겸용 소파를 펼치고 그 위에 눕는다.

6시 30분, 한 시간 정도밖에는 자지 못했다. 날이 완전히 밝았다. 창문에는 덧문이 없고, 내가 시간을 내지 못하는 바람에 커튼도 달려 있지 않다. 나는 샤워를 하고 건물 1층에 있는 바에 커피를 마시러 내려간다. 바 문을 열고 들어갈 때 풍겨오는 락스와 커피 찌꺼기와 종이 신문이 섞인 냄새가 좋다. 카운터 뒤에서 젊은 여종업원이 분주히 움직인다. 그녀는 함석 카운터 앞에 서서 신문을 뒤적이며 아침 식사를 하는 10여 명의 고객들을 위해 따뜻한 음료를 만든다. 나는 바 끝자리에 앉아 벽에 팔꿈치와 등을 대고 창밖을 바라본다. 뒤트롱의 노랫말*[2]처럼 5시는 아니지만 파리의 거리가 깨어나고

있다. 청소부들이 배수로를 쓸고 끝이 정사각형인 키를 사용해 소화
전을 열어 굵은 물줄기로 거리의 더러움을 씻어낸다. 배달원들이 비
상등을 켜고 차를 세우더니, 다른 차들이 요란하게 클랙슨을 울리기
전에 하얀 트럭에서 서둘러 물건을 내린다.

"파리에 처음 오셨어요?" 여종업원이 묻는다.

"이 동네는 처음이에요. 일주일 전에 이사 왔어요."

"알아요, '다르티 이사센터' 직원과 함께 계신 거 봤어요."

"근처에 사세요?"

"전에 아버지 집에서 살았을 때는 그랬어요. 아버지가 이 근처에
서 미용실을 하셨거든요. 지금은 새엄마와 함께 낭시에서 일하세요.
전 여기서 서빙을 하고요."

"카페 주인이 잘해주나요?"

"그런 대로요. 사장님은 좀 이상한 데가 있지만 그것만 빼면 쿨해
요. 카페 뒷방에서 운동을 하세요."

"운동실이 있습니까?"

"그래서 그분이 좀 이상하다는 거예요. 뜰에 있는 창고에 기구를
설치하셨어요."

"재미있는 분이네요."

"커피 한 잔 더 드릴까요?"

★2 자크 뒤트롱이 1968년 발표한 샹송 〈새벽 다섯 시, 파리가 깨어나네Il est cinq heures,
Paris s'éveille〉에서는 파리의 새벽이 생동감 있게 그려진다.

"네, 고맙습니다."

"전 네스린이라고 해요."

젊은 여종업원이 카운터와 대형 커피머신 사이의 좁은 공간에서 이리저리 움직인다. 커피머신을 덮은 방수포 위에 수십 개의 잔들이 쌓여 건조되고 있다. 네스린은 파리 카페 종업원의 표준 제복처럼 통하는 검은 진바지와 그에 잘 어울리는 셔츠 차림이다. 세월이 흐르면서 카페 종업원들은 흰 셔츠에 앞치마라는 전통적인 복장을 벗고 이런 중성적인 차림을 선호하게 되었다. 그녀가 다시 내게 왔을 때 나는 그녀가 젊어 보이긴 해도 이목구비에서 나이가 드러난다는 것, 특히 눈가의 잔주름을 알아챘다. 마치 고객의 성격을 꿰뚫어보는 걸 즐기는 듯 그녀의 눈에 장난기가 반짝인다.

"이건 서비스예요." 그녀가 함석 카운터 위에 커피 한 잔과 물잔을 내려놓으며 말한다.

"고맙습니다, 책 좋아하세요?"

"아뇨, 그건 제 장기가 아네요. 희곡은 예외지만요."

"이런, 흥미로운데요."

"왜 흥미롭다는 거죠? 전 제가 관람한 연극의 희곡을 읽는 게 참 좋아요. 선생님은 그렇지 않아요?"

"물론 그렇죠, 하지만 전 그 반대를 더 좋아해서……."

"아 그러세요, 이상한데요. 이미 내용을 다 아는데 뭐 하러 연극을 보러 가세요?"

"글쎄, 잘 모르겠어요."

"좋아요, 대화하니 좋네요. 하지만 전 할 일이 있어서요."

밖에서는 세찬 바람이 휘몰아쳐 유리창이 흔들린다. 근처 베르나르팔리시가에 있는 나이트클럽 앞에서 길 위의 꽁초와 종이와 낙엽이 뒤섞여 바람에 날린다. 가을이 다가오면서 생긴 이런 갑작스러운 기상 변화 때문에 때때로 나를 엄습하는 불안감이 더욱 강해진다. 나는 카운터 위에 휴대폰을 꺼내놓고, 어젯밤 막신이 보낸 문자에 답장하지 않은 것에 대해 어떤 내용의 문자를 보내야 할지 생각한다. 나는 문자를 보내는 대신 전화를 걸기로 한다. 문자는 오해를 불러일으키는 경우가 잦다. 이른 시간이지만, 나는 그녀가 아들을 학교에 데려다주기 위해 일찍 일어난다는 것을 알고 있다.

"내가 방해한 거야? 지금 아이와 함께 있어?"

"우리 집에 안 온다고 연락해줄 수도 있었잖아." 그녀가 말한다.

"전화 못해서 미안해. 집에 늦게 들어왔고, 잠이 안 와서 못 잤어."

"나도 그랬어. 다음번에는 함께 불면증에 시달리자고. 그 편이 더 현명할 것 같은데."

"점심 사줄까?"

"뤼도빅, 나 이틀 동안 보르도로 출장 간다고 했잖아. 잊었어?"

"응, 미안해."

"그래도 그렇게 물어봐주다니 다정한걸. 난 지금 좀 바빠. 한 시간

후에 비행기 타야 해."

　그녀는 내 대답을 기다리지 않고 전화를 끊는다. 나는 그녀가 파자마 차림으로 집 안을 이리저리 왔다갔다하며 짐가방을 싸고 아들을 학교에 데려다주는 모습을 떠올려본다. 그녀의 집에서 잘 때마다 나는 일부러 아이의 방을 쳐다보지 않았다. 마치 그녀가 어머니라는 사실을 무시하고 싶은 것처럼, 그녀가 우리의 관계에만 헌신해주기를 바라는 것처럼. 관계에서 인위적인 무심함을 유지한다면 이혼하면서 각자가 겪은 어려움 같은 건 편리하게도 무화시킬 수 있다. 하지만 우리는 함께 있을 때 아이들에 대해 이야기하는 것을 좋아하고, 이 주제에 대해 의견이 일치해 긴 대화와 재미있는 일화를 나눈다. 그런데 심지어 아직 만나보지도 않은 막신 아들의 존재가 어째서 이토록 불편한지 나는 이해할 수가 없다. 실패로 끝난 나의 결혼생활을 충분히 애도하지 못해서 안타까운 것일까?

11

8시 45분. 나는 사무실에 도착한다. 가장 먼저 나를 맞아준 이들은 안내 데스크에서 안내 담당 여직원들의 교대가 끝나기를 기다리며 이야기를 나누는 경비원들이다. 복도에서는 청소기를 돌리고 휴지통을 다 비운 청소부와 엇갈린다. 나는 몇 년 전부터 마주쳐온 그 남자의 얼굴을 알아본다. 그는 푸른 셔츠 차림으로 언제나 헤드폰을 낀 채 부드럽게 고개를 끄덕여 인사한다. 내가 아침에 처음으로 하는 일은 읽어야 할 원고가 든 봉투를 가져오는 것이다. 어떤 날은 출근하면서 바로 우편물실로 가서 내 칸막이 선반에서 봉투를 가져오기도 한다. 우편물실은 1층 현관 옆에 있는데, 나무판이 덧대어진 벽에 우리 출판사에서 책을 낸 저자들의 사진이 붙어 있다. 내가 아는 한 우편물실의 위치는 바뀐 적이 없다. 로제 니미에의 사진은 세바스티앙보탱가 쪽에서 이곳으로 들어오기 위해 창문 난간을 뛰어넘는 그의 모습을 담고 있다. 언젠가 편집위원회의 원로 편집자인 로제 그르니에가 내게 말해줬는데, 니미에가 이렇게 요란하게 우편물실로 들어오려 한 것은 우편물을 담당하는 젊은 여성을 웃기고 싶어서였다고 한다.

나는 컴퓨터를 켜고 이메일을 확인한다. 자신의 첫 소설에 대한 조언을 구하는 한 청년의 메일이 와 있다. 그는 소설을 전자 파일로 첨부했다. 내가 그 원고를 인쇄하는 동안 사무실 안에 커피 향기가 퍼진다. 아침인 데다 방이 조용한 뜰에 면해 있어 분위기가 고요하다. 잔디밭 바로 뒤쪽의 나무가 우거진 공간에는 벽에서 물이 솟아나오는 분수대가 있다. 그리고 그 너머에는 고대풍 기둥들이 죽 늘어선 별채가 있다. 플레이아드 문화원이다. 나는 막 출력되어 따끈따끈한 인쇄물을 모은다. 20여 개의 원고 파일이 내 앞 캐비닛 위에서 종이 기둥을 이루고 있다. 나는 수첩을 펼치고 오늘 날짜를 손글씨로 적는다. 내 주의를 끄는 원고를 더 깊이 있게 읽어보려고 수첩에 그 제목들을 적는다. 휴대폰이 울리고, 막신의 메시지가 화면에 나타난다.

"모든 게 새로운 아침에 당신과 통화하는 건 정말 좋아. 나에 대한 배려 없이 약속 시간에 임박해 연락도 없는 건 전혀 안 좋고."

"택시 타고 가는 중…… 비, 젠장, 기쁨. 어젯밤 자러 오지 못한다고 내게 말해주지 그랬어. 하지만 괜찮아. 사랑해."

그 메시지는 한 시간 전 그녀와 통화할 때 느낀 불편함을 되살린다. 뭐라고 답장해야 할까? 나는 형식적인 사과 문자를 빠르게 두드리고 어처구니없게도 하트 이모티콘을 덧붙인다. 내가 왜 이런 태도를 취하는지 납득시킬 진지한 대화를 피하기 위해 이런 식의 편법을 쓰는 것이 부끄럽다. 지금은 이 미지의 인물의 첫 소설을 읽고 싶은 욕망에 마음이 조급해진다. 원고 검토에는 상당한 집중력뿐 아니라 고요한 마음이 요구된다. 글로 된 음악이 있다면 그것을 포착할 수 있도록 단어와 문장에 적절한 주의를 기울이게 하는 마음 상태를.

"간밤에 여기서 잤나?"

나는 고개를 든다. 사무실 문간에 장크리스토프 뤼팽이 서 있다. 그의 얼굴에 환한 미소가 떠올라 있다.

"밤새 원고를 읽었습니다."
"맙소사, 그러다가 뇌출혈이라도 오면 어쩌려고. 커피 한잔 할 시간 있나?"
"있고 말고요."
"레스페랑스로 가세."

우리는 지하로 이어지는 계단을 내려간다. 그리로 나가면 곧장

뒷뜰이 나오고 이어 위니베르시테가가 나온다. 레스페랑스 카페는 1950년대부터 변함없이 영업을 해오고 있다. 젊은 작가들부터 노벨 상 수상자들까지 수많은 저자들이 이 소박한 건물을 거쳐갔다. 우리는 바 근처의 원탁 주위에 놓인 높은 의자에 앉는다.

"얼굴이 왜 그래?"

"이사 때문에 피곤해서요."

"음, 그런 핑계를 대겠다면야."

"그런데 선생님은 왜 그러세요?"

"레콩타민*¹에서 올라가다 근육이 뒤틀린 것 같아. 쉬운 루트인데 어리석게도 잘못 움직였어."

"뱅상이 주말에 칼랑크를 등반하자고 하는데, 가실래요?"

"그럴게, 어깨 상태만 괜찮으면. 하지만 내 나이를 고려하면 바다에 페달보트나 띄워놓고 두 사람이 올라가는 걸 지켜보는 게 나을 것 같기도 해."

"또 그 말씀이세요!"

"이런, 뱅상 얘기가 나와서 말인데, 혹시 그 친구 파리에 있나?"

"어젯밤에 봤어요."

"이제 얘기가 들어맞는군. 두 사람, 너무 멍청한 짓을 많이 하고 다니는 거 아니야?"

"우리는 파리의 지붕 위를 탐사 중입니다."

★¹ 프랑스 남동부 오베르뉴론알프스 지역의 산간 마을.

96

"그걸 말이라고 하는 건지, 그러다가 감옥이나 탐사하게 될걸."

"문제가 생길 경우에 대비해 선생님 명함을 갖고 다닌답니다."

"해양작가협회 일로 뱅상을 좀 봐야 해. 그는 전에 다친 부위에 종종 부목을 댄 상태로 높은 곳을 오르는 것 같은데, 그러면 안 돼. 그가 계속 부목을 대고 있는 건 맞지?"

"네, 하지만 점점 나아진다고 하던데요."

"바로 그래서 걱정이라는 거야. 말해봐, 자네 얼굴이 그렇게 엉망인 게 혹시……"

"요즘 잠을 잘 못 자서 그렇습니다."

"뭐 그럴 만한 이유가 있나?"

"아뇨, 그냥 잠이 깨버리고, 그런 각성 상태가 지나가기를 기다리는 거죠."

"그런데 지나가지 않는다는 거지?"

"네."

"운동을 좀더 많이 하고, 저녁에 너무 많이 먹지 않는 게 좋겠어. 콜라나 설탕은 대개 각성 효과가 있으니 먹지 말게. 수면제 처방을 해줄까?"

"그런 게 효과가 있나요?"

"어느 정도는 효과가 있지. 너무 걱정 말게, 일시적인 걸 거야. 그런 것 때문에 죽지는 않아." 그렇게 말하며 그는 자리에서 일어나 재킷을 걸친다.

"고맙습니다, 의사 선생님. 진료비는 얼마죠?"

"커피 두 잔."

저녁 무렵 베레니스에게서 전화가 걸려온다. 딸아이의 목소리는 쾌활하지만, 뭔가 신경 쓰이는 게 있는 듯 살짝 주저하는 기색이 느껴진다.

"아빠, 교정 전문 치과의사의 가장 큰 결점이 뭔지 아세요?"

"모르겠는데."

"교정의로서의 자질이 전혀 없다는 거예요."

"너무 가혹한 것 같은데."

"전 이 교정기가 지겨워요."

"엄마 말로는 반년 내에 끝날 거라던데."

"반년 내에 끝날 거라는 말을 2년 전부터 듣고 있는걸요. 일년이 48개월은 아니잖아요, 아빠."

"그러고 나면 평생 예쁘게 웃을 수 있을 거야."

"교정기 때문에 이미 더 이상 웃고 싶지 않은데, 이런 식이면 영영 웃고 싶지 않을 것 같아요."

"아니, 웃고 싶을 거야! 네 미소는 아주 예뻐, 그렇기 때문에 그걸 잘 관리해야 하는 거고."

"전 울고 싶어요."

"아빠가 데리러 갈까?"

"네, 오늘 밤은 아빠 집에서 잘래요."

"20분 내로 오토바이로 데리러 갈게."

베레니스는 건물 아래에서 커다란 배낭을 발밑에 내려놓고 날 기다리고 있다.

"딸! 긴 여행이라도 떠나는 거 같은데!"

"이건 내일 학교에 가져가야 하는 책과 공책이에요. 수업이 많거든요."

"학생이 그렇게 무겁게 들고 다녀야 하다니 뭔가 잘못된 것 같다."

나는 아이가 거의 자기 몸집만 한 배낭을 들어올리는 것을 도와준다. 아이가 풀페이스 헬멧을 쓴다. 아이의 작은 두상이 표본병 속에 든 인형처럼 보인다. 아이가 두 손으로 내 어깨를 움켜쥐더니 높은 목소리로 외친다.

"음악 틀어주세요, 아빠. 조니 알리데 들어요!"

오토바이에 달린 스피커는 내 휴대폰의 음악 목록과 접속되어 있다. 〈내 얼굴Ma gueule〉의 첫 화음에 맞춰 오토바이가 달려나간다. 베레니스가 웃으며 노래하는 소리가 들린다. 아이가 음악으로 우울한 생각을 즉각 떨쳐내는 것을 보자 마음이 따뜻해진다. 슬퍼하다가도 순식간에 감동할 줄 아는 아이들의 능력이 정말 놀랍다. 어린 시절의 기분은 소나기 같다.

나는 불을 켜둔 채 잠자리에 든다. 잠에 취해 혹시 베레니스가 나를 찾을 때 듣지 못할까봐 걱정스럽다. 아이는 치아 교정기로 인한

속상함 외에 좀더 깊은 걱정이 있는 것 같다. 하지만 나는 조금 전 아이와 아파트에 도착했을 때 다른 걱정이 있는지 물어볼 용기를 내지 못했다. 아이의 슬픔을 되살리게 될까봐 두려웠다. 사춘기에 막 들어서는 아이를 보며 중학교 때 나는 어땠는지 떠올려본다. 몇몇 급우들의 얼굴이 불분명하게 떠오르면서 그들의 성격이 임시 데이터처럼 흐릿해진다. 누군가 지붕 위를 걷는 소리가 들린다. 망설이는 듯한 발걸음에 이어 남자가 비틀거리는지 둔탁한 소리가 들린다. 창문을 열고 발코니 난간으로 몸을 굽히자 옆 건물의 코니스*²가 보인다.

"아, 나야."

"깜짝 놀랐어. 누가 집 안으로 들어오려는 줄 알았거든."

"집 열쇠를 잃어버렸어. 나 좀 들여보내줄래?"

"물론이지, 어서 들어와."

뱅상의 팔에서 피가 흐른다. 나는 욕실로 가서 습포 뭉치와 소독약을 가져온다. 그는 대수롭지 않은 상처라고 마다하지만, 나는 고집을 꺾지 않고 지붕까지 기어오르느라 생긴 그의 상처를 소독한다. 그리고 그에게 목소리를 낮춰달라고 청한다.

"무슨 일인데?"

"딸이 저 방에서 자고 있어."

★² 고전 건축에서 처마나 지붕 끝에 만드는 돌출 장식.

"오, 이렇게 불쑥 들이닥쳐서 미안해. 세브르에 있는 아버지 집으로 갈게. 이 시간에는 오토바이로 15분 정도밖에 안 걸릴 거야."

"장난해? 어디 갈 생각 마. 지금 오토바이를 탄다는 건 좋은 생각이 아냐. 봐, 비가 오기 시작했잖아."

"마리안이 아직 안 돌아왔어. 유리창 하나쯤 깨뜨리는 건 일도 아니지만 그것 때문에 소동이 일어날까봐 걱정이 돼서 말이야."

"매트와 이불 가져올게."

"혹시 차 같은 거 있어?"

방문이 삐걱 소리를 내며 천천히 열리더니 어렴풋이 잠에 취한 듯한 딸아이의 얼굴이 나타난다.

"두 분이 뭐 하세요?" 아이가 묻는다.

"안 자고 있었니?"

"이가 아직도 아파요."

"돌리프란 좀 줄게. 뱅상 아저씨 기억나지?"

"안녕, 베레니스." 뱅상이 인사한다.

잠시 어리둥절해하던 베레니스는 정신을 차리고 그를 알아본다. 그의 존재가 갑자기 아이를 잠에서 깨운 악몽과 아픔을 휩쓸어간 모양이다.

"팔이 왜 그래요, 뱅상 아저씨?"

"아, 별거 아니란다. 일종의 장난이야."

"할로윈 때 하는 것처럼요?"

"바로 그렇단다. '엘 디아 데 로스 무에르토스'야."

"뭐라고요?"

"멕시코에서는 그날을 '죽은 자들의 날'이라고 한단다."

"하지만 아저씨는 지금 살아 계시잖아요?"

"네 말이 맞아. 내가 기적을 만든 거야. 두 사람 환대 덕택에 다시 살아났지. 근데 왜 안 자니?"

"이가 아파서요."

"아, 교정기 때문이구나. 난 의사는 아니지만, 온갖 아픔을 진정시켜주는 마법의 물건을 갖고 있단다."

뱅상은 재킷 안주머니에서 하모니카를 꺼낸다. 아이는 윗부분에 자개 상감 장식이 있는 작은 금속제 악기를 바라본다.

"이 악기 뭔지 알아요. 연주할 줄 아세요?"

"우선 여기 내 앞에 앉아서 귀를 기울여주렴. 그래야 연주를 할 수 있단다."

그는 하모니카를 입에 대고 손가락으로 자개로 장식된 윗부분을 두드리며 연주를 시작한다. 따뜻하고 감미로운 소리에 베레니스의 눈빛이 반짝이는 것을 보니 즐거운 모양이다. 뱅상이 갑자기 일어서더니 재즈 뮤지션의 발동작을 흉내낸다. 멜로디가 멈추자 나는 베레니스에게 돌리프란 한 알과 물 한 컵을 건넨다. 즉흥 공연이 끝난 후 나는 어렵지 않게 아이를 설득해 다시 방으로 들여보낸다.

"또 보자, 베레니스." 뱅상이 스테슨 모자를 들어올리며 말한다.

"또 뵈어요, 뱅상 아저씨."

결국 우리, 그러니까 나와 장크리스토프와 뱅상은 예상보다 빨리 합의에 도달할 수 있었다. 주말이 다가온다. 뤼팽은 글을 쓰기 위해 샤모니로 출발하기 전에, 뱅상은 러시아 대초원을 활보하기 전에 마지막으로 낼 수 있는 자유 시간이다. 나는 아이들 엄마와 의논해 주말에 아이들을 돌보는 순서를 변경해야 했다. 엑셀 시트에 다양한 색깔로 내 당번 일정을 저장해놓으면 일정표에 표시된다. 우리의 생활은 각각 컬러 코드로 표시되고, 우리는 기꺼이 그 제약을 받아들이고 자유 시간을 누리며 산다. 아이들 엄마는 협조적이고, 더 나아가 너그럽기까지 하다. 안나벨라와의 전화를 끊으면서 나는 우리가 이렇게 잘 통하는데 어째서 헤어진 것일까 자문했다. 이 질문이 나를 떠나지 않았고, "하지만 삶은 사랑하는 이들을 갈라놓네. 아주 부드럽게, 소리도 없이"*¹라는 자크 프레베르의 노랫말이 머릿속을 울렸다.

프랑스에서 많은 경우 이혼이나 사별로 재편된 가정의 삶은 결혼
제도의 소멸로 가는 과도기적 모습을 보여준다. 어쨌든 한 가지는
분명하다. 초등학생의 경우 부모가 이혼한 아이들의 수가 부모가 커
플로 남아 있는 아이들의 수보다 많다. 나는 시속 300킬로미터가 넘
는 속도로 프랑스의 시공을 달려가는, 밀폐된 유리가 끼워진 테제
베의 창문으로 휙휙 지나가는 풍경을 바라보며 이 문제에 대해 생
각한다. 난파선 같은 커플의 삶이 어떤 의미인지 이해해보려 애쓴
다. 지금 나는 뱅상이 권한 에세이를 읽는 중이고, 그는 내 옆자리에
서 얼굴을 스카프로 감싼 채 창에 머리를 대고 자고 있다. 책 제목은
《가속화》로 독일 철학자 하르트무트 로사가 쓴 것이다. 그는 우리가
무엇보다도 사회적 변화의 가속화로 특징지어지는 후기근대사회를
살고 있고, 결과적으로 개인의 삶 속에서 서로를 잇는 가족주기가
축소된다는 개념을 제시한다. 특히 사회적 가속화의 가장 억압적인
면이라고 할 수 있는 집약화된 삶의 리듬을 문제 삼는다. 한 문장을
가져와보자. "현대사회의 사람들은 점점 더 시간이 부족하다고, 시
간을 다 써버렸다고 느끼게 된다." 이 문장이 조금 전부터 내 머릿
속에서 떠나지 않는다. 이 문장은 내가 명확히 밝히고자 하는 감정
과 들어맞는다. 우리 커플에게 커플로서의 힘을 느끼고 그것을 유지

★1 샹송 〈고엽Les feuilles mortes〉의 가사.

하기 위한 시간이 부족했다는 느낌 말이다. 비행기에 맞먹는 속도로 달려가는 기차 안에서 나는 그 뉘앙스를 파악할 시간조차 주지 않고 휙휙 지나가는 이 풍경들로부터 잠깐 빠져나오는 것 외에 달리 무엇을 할 수 있겠는가. 이 기차가 구현하는 것은 이동에의 예찬도, 속도의 미덕도 아닌 그저 조급함의 승리뿐이다.《이상한 나라의 앨리스》에서 "난 늦었어! 늦었다고!"라고 줄곧 외쳐대는 흰 토끼처럼 언제나 늦었다는 이런 느낌은 원인은 아니어도 증상이기는 하다. 속도를 높일수록, 더 많이 앞으로, 그것도 빨리! 나아갈수록, 우리에겐 시간이 더 부족해진다. 왜냐하면 성장하려는 우리의 절박한 의지가 만족을 모르는 만큼 그 욕망도 만족을 모르기 때문이다.

뱅상이 앉은 채 몸을 돌리더니 눈에서 스카프를 걷고 스테슨 모자를 바로 쓴다.

"예정대로 달리고 있어?"

"제시간에 도착할 거야. 리옹역에서 지체한 시간을 따라잡았다고 방송이 나왔어."

"음, 하지만 너무 일찍 도착하지 않았으면 좋겠는데. 그랬다간 렌터카 사무실에서 기다려야 할지도 몰라."

"가자, 난 식당 칸에서 커피 한잔 할래."

"같이 가."

우리는 테제베 2층의 통로에서 한 줄로 좌석 사이를 역방향으로 지나간다. 수천 톤의 무게와 2만 5,000마력이라는, 다시 말해서 포르셰 5,000대의 엔진을 동시에 돌리는 것이나 다름없는 상상하기 어려운 힘을 지닌 이 엔진의 미친 듯한 기계적 운행을 거스르는 것이다. 과도함은 후기 현대사회의 가장 평범한 행동이 된 만큼, 우리가 조금쯤 망가지는 것도 놀랍지 않다.

"내가 살게, 친애하는 뤼도빅. 뭐 먹을래?"

"커피 한 잔과 물 한 병이면 돼."

"그거 좋군, 규율이 있는 것 말이야, 비스마르크가 그렇게 말하곤 했지."

"그걸 말이라고 하는 거야. 1870년 프러시아와의 전쟁은 프랑스에는 재앙이었어. 그 전쟁 때문에 나폴레옹 3세의 추락이 앞당겨졌지."

"너, 졸라의 소설《패주》읽었어?"

"아니, 말해줘."

"제2제정기의 프랑스군이 프러시아군의 공격을 받고 끝없이 후퇴하는 상황에 대한 묘사가 아주 탁월해. 1870년 한여름 샹파뉴와 아르덴 평원의 끔찍한 열기 속에서 프랑스 병사들은 연이어 참담한 패배를 겪었어."

"흥미롭군. 사실 1차대전이 발발한 근원적 요인은 그 패배에서 찾을 수 있어. 그 정도로 그 패배는 복수심을 불러일으켰지. 프랑스는

19세기에 이미 독일에 대해 반감을 갖고 있었어. 너, 그 책 플레이아드판으로 읽었어?"

"아니, 문고판으로."

뱅상이 카운터 위에 개봉한 마들렌 한 봉지를 올려놓고 나에게 먹으라고 권한다. 그는 자기 몫의 마들렌을 아주 뜨거운 찻잔 속에 살짝 담근다. 본에 이르러 모르방 지방의 울퉁불퉁한 지형을 벗어나자 포도밭이 눈 덮인 단조로운 전나무숲 풍경을 대신한다. 평원에서는 빛이 더 부드럽게 느껴진다. 유명한 포도주 양조장들의 모습이 계속 지나간다. 뱅상은 손목시계를 힐긋 보더니 재킷에서 수첩을 꺼낸다.

"일정은 이래. 도착하자마자 차를 타고 레구드*²까지 가서 내 친구 뤼실의 집에 짐을 풀 거야. 그녀는 파트너와 함께 작은 별장에 살고 있는데, 오늘 밤 우리를 자기 집에 재워준다고 했어. 내일은 내가 예약해둔 근처 에어비앤비로 갈 거야. 뤼팽과 만나 기상관측소까지 올라갈 거고. 감이 좀 잡혀?"

"아니, 난 칼랑크 해변을 천천히 걸어본 적밖에 없는데. 사람이 그 암벽을 기어올라가는 게 가능할 줄 몰랐어."

"마음이 가난한 자는 복이 있다고 성경에 나오잖아. 넌 굉장한 발견을 하게 될 거야. 난 그런 네가 부러워."

★2 해안을 끼고 있는 마르세유 8구의 한 지역.

"그 정도야?"

"상상을 초월해. 바로 거기에서 현대 등반이 탄생했어. 알프스산
맥의 몽블랑, 세르방,[3] 그랑드 조라스가 그런 것처럼 거기에도 신비
롭고 전설적인 루트가 있지."

"내가 그곳에 오를 수준이 될까?"

"수준은 다 다르겠지만 그렇고말고, 난 네가 그곳에 오를 수 있다
고 확신해. 우리는 쉬운 루트로 올라갈 거야."

나는 부르르 몸을 떤다. 그와 함께 산을 탄 경험에 비추어볼 때
그가 말하는 쉬운 루트가 내 수준에서는 사실 대단히 어려운 것임
을 안다. 나는 알프스아라비스산맥의 한 봉우리인 페르세산의 암벽
을 타다 불안 발작을 일으켰을 정도다. 나는 현기증으로 인한 공황
발작이 일어날 만약의 경우를 대비해 진정제를 가져왔다. 공포심에
꼼짝 못하기보다는 약을 입속에 털어넣는 편이 낫다. 기질의 문제
랄까.

"걱정 마. 좀 복잡한 구간에서는 내가 웨빙을 내려줄게. 널 끌어올
릴 도르래도 가져왔어. 그렇게 하면 네 실력이 늘 거야. 좋은 기술을
익힐 수 있는 가장 좋은 방법이지." 뱅상이 말한다.

"지금 뭐 읽어?" 나는 그의 주머니에서 비어져나온 책의 제목을
읽으려 애쓰며 묻는다.

---

[3] 독일어로는 마테호른, 이탈리아어로는 몬테체르비노.

"이야기 형식의 옛 소설인데, 저자의 정체는 베일에 싸여 있어."

"그 책을 지금 왜 읽는 건데?"

"칼랑크가 이 책을, 적어도 책의 한 부분을 떠올리게 하거든. 자, 봐." 그는 재킷에서 호메로스의 《오디세이아》를 꺼낸다.

"호메로스에 대해선 사실 아무것도 밝혀진 게 없지."

"그래, 이름조차 알려져 있지 않아. 우리가 위대한 시인들을 이름이 아니라 성만으로 부른다니 재밌어. 나폴레옹, 스탈린, 쿠스토 대위 하는 식으로 말이야."

레구드는 마르세유 8구에 있는 동네. 사실 이 행정명칭은 훨씬 더 그림 같은 지역을 가리킨다. 소박한 단층 주택들이 모여 있고 좁은 골목들이 작은 분지를 향해 내려가는, 코르시카 풍의 작은 항구를 떠올리면 된다. 대도시 마르세유에 자리 잡은 이 마을의 중심가에 활기를 불어넣는 것은 몇 개의 바뿐이다. 우리를 반겨주는 뤼실의 집은 언덕으로 올라가는 길 초입에 있다. 집은 소나무들이 자라는 덤불숲과 건조한 석회암 절벽 사이의 경계 지대에 자리 잡고 있다.

뱅상은 내가 몇 피치*의 쉬운 코스를 오를 수 있게 세 시간 동안 조심스럽게 도와준다. 그 과정에서 그는 어떻게 자일을 매야 하는지, 그가 앞에서 나아갈 수 있으려면 내가 어떻게 해야 하는지 시범

---

*★ 암벽등반에서 등반 경로의 한 구간을 뜻한다. 보통 등반자가 장비를 설치해 안전하게 오를 수 있는 15~60미터의 길이로, 피치마다 안전 확보 지점을 둔다.

을 보이는 데 시간을 집중 투자한다. 우리의 이전 등반 때[5]와는 달리 이번에는 산악 가이드인 친구 다니엘 뒤 락이 함께하지 않았다. 뱅상은 시원찮은 내 능력에 의존해 자일을 매야 했으므로 결과적으로 한 피치를 오를 때마다 상당한 시간이 걸린다. 그는 매 걸음 나아갈 때마다 나와 함께 움직이며 기본적인 동작을 가르쳐야 한다. 다음 지점으로 나아갈 때 자일을 걸어둔 바위에 매달려 있는 퀵드로[6]를 어떻게 회수하는지 시범을 보인다. 11월이긴 하지만 날씨는 온화하다. 하루 종일 미스트랄이 불어 커다란 구름을 푸른 해안 쪽으로 밀어낸다.

"중요한 건 내가 기어오르면서 자일을 맬 수 있도록 네가 잘 매달려 있어야 한다는 거야."

"내 몸이 의지대로 움직이지 않기 시작했어."

"어지럼증은 괜찮아?"

"응, 여긴 산보다는 훨씬 낮으니까."

"이 풍경에 특별한 뭔가가 있는 것 같지 않아?"

"네가 호메로스를 가져온 게 이 그리스적인 분위기 때문이야?"

"그래, 여기 오면 《오디세이아》가 생각나. 매혹적인 지중해의 힘

★5 저자의 첫 책인 《네 남자의 몽블랑L'Ascension du mont Blanc》에서 주인공은 다니엘 뒤락, 크리스토퍼 뤼팽 그리고 '실뱅 테송'과 몽블랑을 오른다.
★6 등반 중 자일을 고정 장치에 신속하게 연결해 안전 확보를 도와주는 장비. 보통 2개의 카라비너와 짧은 슬링으로 구성된다.

이 있어. 내일은 뤼팽과 함께 생미셸 암벽을 오를 거야. 아침에 항구에서 합류하기로 했어. 너, 마지막 피치에서 무서웠어?"

"약간 겁이 났어. 공중에 매달려 있으면 두려움이 엄습해. 그 감정이 다른 모든 걸 압도해버려."

"난 네가 고소공포증을 이겨낸 줄 알았는데. 두려움을 극복한 줄 알았어."

"고소공포증을 완전히 극복할 순 없어. 공포와 함께 지내는 법을 배우는 건데, 그 둘은 달라. 공포가 머리를 마비시키지 못하도록 매 순간 맞서는 거지."

"의기소침해지면 두 배는 더 피곤해질 거야."

"알고 있어, 하지만 이겨낼 수가 없어. 나도 안 그랬으면 좋겠어."

"아무것도 바꿀 필요 없어. 다만 이 모든 게 그저 네 머릿속에서 일어날 뿐이라는 걸 잊지 마. 우리는 추락하지 않아. 이중으로 안전이 확보되어 있거든. 여기선 얼굴 깨질 일이 없어."

뱅상은 미심쩍은 표정으로 나를 바라보더니 자신은 암벽을 기어오를 때 그런 종류의 불안은 한 번도 느껴본 적이 없다고, 공포에 사로잡힌 건 거미를 만났을 때뿐이라고 털어놓는다. 나는 그 말이 사실인지 의심스럽다. 그저 내 긴장을 풀어주려고 이런 이야기를 털어놓는 것은 아닐까? 우리는 절벽 끝에 다리를 늘어뜨리고 앉는다. 햇빛이 석회암 위에 청동빛 이파리들을 내려놓는다. 겨울 햇살이 잠시 마르세유만을 비춘다. 밤을 예고하는 어두운 기둥들이 바다에서 솟아오르는 것이 보인다. 좁은 길을 따라 돌아오는 길에 우리는 헤드랜턴을 켜야 했다. 숲길을 지나 작은 별장에 도착한다. 길 끝에 마을의 희미한 불빛들이 나타난다. 반 시간 후, 길게 펼쳐진 숲길은 8구의 고지대로 통하는 아스팔트 도로로 바뀐다. 도로 양쪽에 가로등이 서 있다. 단순하고 조화롭게 지어진 작은 집들이 보인다. 레구드항이 가까워지자 끝이 뾰족한 나무 어선들이 정박해 있는 작은 해변이 보인다.

우리는 어슴푸레한 전구로 불을 밝힌 소박한 식품점 안으로 들어간다. 밖과 마찬가지로 가게 안도 서늘하다. 주인은 꼬질꼬질한 군용 파카를 입고 있는데, 무릎 위에 올려놓은 태블릿 불빛이 그의 얼굴을 환하게 비춘다. 그는 생방송으로 중계되는 축구 경기를 보고 있다. 해설자의 목소리가 상점 안에 울려퍼진다. 뱅상은 가게 안쪽으로 들어가 고리 바구니를 집어 들고 그 안에 치즈, 맥주, 스낵, 오렌지, 바나나, 요구르트와 빵을 담는다. 어떤 선수의 공격에 상점 주인이 만족한 듯 무어라 웅얼거리는 소리가 들린다.

"초는 왜 사, 우리 아영해?"
"아니, 뤼실 집의 스위치가 종종 접촉불량이거든. 촛불을 켜는 게 좋을 것 같아."

우리는 계산대로 간다. 주인은 우리에게 한마디도 하지 않은 채 스티커에 표시된 가격을 기계적으로 입력하면서, 그 상점만큼이나 오래되어 보이는 카시오 계산기의 디지털 화면에서 눈을 떼지 않는다. 계산이 다 끝나자 뱅상은 자신의 신용카드를 내밀며 내 항의를 차단한다.

"오늘 밤은 내가 낼게. 친구들 몇이 별장으로 올 거야. 에티엔, 뤼실의 파트너, 페르낭도와 그의 파트너야."

13

마르세유 코뮌의 행정 기준을 엄격하게 적용하자면, 칼랑크국립
공원은 8구에 속한다. 마르세유 8구는 그 자체로 하나의 지방으로
볼 필요가 있다. 면적이 리옹시보다 넓기 때문이다. 이곳에는 칼랑
크 외에도 고기잡이 항구 셋, 몇 개의 공동주택 단지, 보메트 교도
소, 뤼미 대학교 캠퍼스, 외인부대 제3기병연대 병영이 자리하고 있
다. 옛 모습이 여전히 남아 있는 오래된 마을들이 모여 있는 셈이다.
8구를 가로지르다보면 프로방스 지방을 여행하는 느낌을 받는다.
레구드에서 사는 것은 하나의 마을에서 사는 것과 비슷하다. 이 지
역은 절벽이 나타나기 시작하는 푸앙트 루즈를 지나 만 끝에 자리
잡고 있다.

밖에서는 다시 거칠게 불기 시작한 미스트랄이 쓰레기통을 뒤집
어 엎고 신문지를 펄럭거리면서 허공에 유령 같은 몸을 흔들어댄다.

다른 도시에서는 밤이 오면 폭풍이 잠잠해지지만 마르세유에서는 반대로 기승을 부리며 돌풍으로 거리를 휩쓸고 덧문을 흔들어대고 파사드를 울려댄다. 미스트랄은 사람의 신경을 자극해 파티를 벌이고 싶은 마음을 불러일으킨다.

우리는 사온 양초를 구석에 소박한 주방이 갖춰진 별장 아래층 메인 공간에 모두 밝혔다. 분위기가 대성당 같다. 따뜻한 공기가 방 안을 떠다니는 게 느껴진다. 우리는 빵을 자르고, 탁자 위에 접시를 놓고, 포크와 나이프를 꺼내고, 포도주 세 병을 따고, 스낵을 큰 샐러드 그릇에 부어놓았다.

내 발밑에서 뤼실의 개가 자고 있다. 순수 혈통이라기엔 너무 뚱뚱한 노란 골든 리트리버다.

뱅상의 친구들이 도착하기를 기다리는 동안 나는 빵에 살코기 참치와 아욜리 소스*¹를 바른다. 뤼실이 돌아오자 개가 펄쩍 뛰더니 뒷발로 서서 뤼실의 얼굴을 핥는다. "마글루아르! 마글루아르!" 뤼실이 개를 말리기 위해 소리친다.

그 개가 수컷이라고 생각했던 나는 여성형 이름을 듣고 뤼실에게 묻는다. 그녀는 개가 수컷이지만, 트롤 어선 선장인 자기 파트너의 배 이름을 따서 그런 이름을 붙였다고 대답한다.

뤼실이 나에게 생일 축하 인사를 건네면서 선물 봉투를 내민다.

★1 마요네즈에 다진 마늘을 넣어 만든 디핑 소스.

"이렇게 마음을 써주시다니. 하지만 오해가 있네요. 오늘은 제 생일이 아닙니다. 저는 9월에 태어났어요."

"아, 그래요? 뱅상이 이번 주말이 당신 기념일이라고 했는데."

"맞아, 이번 주말은 뤼도빅의 기념일이야……. 암벽등반 기념일!" 뱅상이 손에 잔을 들고 외친다.

"가엾은 뤼도빅, 주름이 몇 개 더 생기겠네요. 하지만 이 선물을 당신한테 줄 수 있어서 기뻐요."

봉투 안에는 뤼실이 말을 타고 여러 차례 횡단했던 아프가니스탄을 연상시키는 모티브가 들어간 천스카프가 들어 있다.

"천이 아주 예쁘네요. 어느 지역 건가요?"

"아프가니스탄 북쪽 지역에서 가져온 거예요. 사실 제가 가지려고 했는데, 색깔이 당신한테 잘 어울릴 것 같아서요."

뤼실은 내 목에 팔을 감고 자신의 머리를 내 머리에 갖다대며 애정과 공감을 표현한다.

"소중하게 보관할게요. 기차 탈 때 갖고 다녀야겠어요. 테제베는 에어컨 바람이 세서 목이 아플 때가 많거든요."

뤼실은 내 말이 어느 정도 진실인지 알아보려는 듯 맑은 눈으로 나를 지그시 응시한다. 그런 다음 미소를 짓는다. 전 세계를 종횡무진 누비면서 굳어진 딱딱한 얼굴 표정이 이 환한 마음의 조명을 받아 순식간에 사라진다.

"저 친구를 믿고 암벽등반을 계속하다니 당신은 용감하네요. 난 몇 년 전 높은 곳에서 추락할 뻔한 뒤로 포기했어요."

"그 오랜 세월 동안 참회했는데도 아직도 날 원망하는 거야, 친애하는 뤼실?"

"이따가 오신다는 오브 씨는 어떤 분이에요?"

"제 친구예요. 패러글라이딩 세계 챔피언이죠."

"알겠습니다, 더 자세한 설명이 필요없네요."

"오브와 함께 있으면 해가 서쪽에서 뜨고 동쪽에서 지는 일도 불가능하지 않답니다. 내 몸은 인생의 황혼기에 접어들어 전체적으로 기능이 나빠지고 있지만, 오브 덕분에 몇 시간 동안은 쌩쌩해져요."

"아주 미묘한 코멘트네요."

"맞아, 안 그래? 다른 명구들과 함께 내 수첩에 적어둬야겠어."

"이 말도 추가해. 사랑이란 두 사람이 갖는 에고이즘이다."

"사랑은 기본적인 열정과 양육비 사이를 잇는 연결부호야. 자, 파티의 시작이 좋군. 친애하는 뤼도빅 에스캉드, 포도주 한 병 더 따자고!" 뱅상이 외친다.

좁은 식당의 천장에서 드리워진 전구 주위로 담배와 양초 연기가 짙게 피어오른다. 촛불이 타오르고 뜨거운 공기가 아른거리고 밀랍 냄새와 담배의 시큼한 냄새가 섞인다. 뤼실이 예멘에서 사왔다는 낡은 카세트 플레이어에서 흘러나오는 고음의 멜로디가 대화를 방해한다. 피로가 천천히 나를 쓰러뜨린다. 나는 정신을 차려보려고 코카콜라 한 잔을 마신다. 주체할 수 없는 무거움이 내 몸을 점령하고, 눈이 저절로 감기고, 사람들의 말이 점점 불분명하게 들린다. 테이블 아래 내 발치에 누워 별장의 소란에 무심하던 고지식한 마글루아르가 나를 향해 코를 들어올린다. 뱅상이 음향기기의 볼륨을 높이자 음악은 들을 수 없는 불안정한 소음이 된다. 사실 내가 보기에 방 안에서 오가는 말을 제대로 알아듣는 사람은 아무도 없는 것 같다. 파티가 이 단계에 이르면 즐거운 혼돈이 좌중을 지배한다. 모두들 지금 무슨 일이 일어나는지 혹은 이후 무슨 일이 일어날 것인지 무심한 듯하다. 나는 테이블 아래로 슬그머니 기어들어가 타일 바닥 위에 길게 누운 후 스카프를 둘둘 감아 베개 삼아 벤다. 내 주위에서 다리들이 흔들리고 연기가 식탁보처럼 아래로 가라앉아 안개를 만들고, 그 너머로 마치 내 자세가 자신이 유일하게 인정할 만한 것이라는 듯 마글루아르의 즐거워하는 얼굴이 나타난다. 잠이 강력한 마취제처럼 내 사지를 빠르게 마비시킨다. 야영 텐트 천처럼 내 옆으로 드리워진 식탁보가 내 망막에 포착된 마지막 이미지다.

14

문 너머의 이 집이 내겐 여전히 낯설다. 나는 집으로 들어와 현관 마룻바닥에 배낭을 내려놓는다. 근육통 때문에 바닥에 주저앉아 등산화 끈을 풀 수밖에 없다. 자세를 바꾸기가 힘들어 잠시 그대로 누워 생각에 잠긴다. 리옹역에 열차가 도착했을 때부터 내 안으로 몰려든 침울한 생각 위로 현관 타이머 불빛이 꺼진다. 마르세유에서 눈부신 경험을 한 후 이렇게 파리로 돌아오자 나는 의기소침해진다.

밤 10시, 방은 어둑하고, 절벽 위로 난 장엄한 길에 대한 추억조차 내 기분을 끌어올리지 못한다. 기차 사정으로 늦게 도착한다는 사실을 막신에게 알려주는 걸 깜빡 잊었다는 게 불현듯 기억난다. 그녀는 나와 저녁 식사를 함께하려고 이곳에 왔었을 것이다. 나는 고개를 돌려 현관문 근처를 살핀다. 봉투 하나가 문 안쪽에 놓여 있다.

나는 팔을 뻗어 봉투를 집어 든다. 봉투에는 손글씨로 내 이름만 씌어 있다. 나는 그녀의 필체를 알아본다. 휴대폰 불빛으로 색지 위에 쓰인 몇 줄의 메세지를 읽는다. "친애하는 뤼도빅, 당신은 '양배추 머리 남자'[*1]는 아닐지 모르지만 머리가 멜론 정도는 되는 게 분명해. 난 층계참에서 기다리는 거 싫어. 저녁 식사를 함께하기로 해놓고 나타나지 않다니. 더 지독한 건 당신이 이 약속을 잊으리라는 걸 예상했다는 거야. 이렇게 비루한 사람이라면 굳이 그렇게 높이 올라갈 필요가 있을까. 날 다시 보고 싶다면 타당한 이유를 대야 할 거야. 막신."

긴 전화 통화와 진심 어린 사과 끝에 내가 그녀와 함께하는 것에 진심이라는 걸 그녀에게 납득시킬 수 있었다. 나는 오토바이를 타고 그녀를 데리러 갔고, 늦게까지 문을 여는 몽파르나스의 식당에서 해물 플래터로 저녁 식사를 했다. 지금 그녀는 우리 집 거실의 침대 겸용 소파에서 자고 있다. 나는 도저히 눈을 붙일 수가 없어 주방과 아이들 방 사이를 왔다갔다하는 중이다. 방문은 열어둔 채로 놔두었다. 나는 이불 밖으로 나온 그녀의 얼굴을 바라본다. 그녀의 고른 숨소리가, 전기 히터가 작동하면서 내는 금속성의 딸깍 소리에 이따금 묻힌다. 나는 막신을 깨우지 않으려고 방문을 닫는다. 이케아 적층식 침대에서 새 나무 냄새가 난다. 매트리스 위에 시트가 놓여 있

[*1] L'homme à tête de chou. 세르주 갱스부르의 앨범 이름이기도 하다.

다. 모레 저녁 아이들이 도착하기 전에 잠자리를 정돈해야 한다. 곧 새벽 5시가 될 것이다. 나는 움직이다 소리를 내지 않도록 조심스럽게 아이들의 잠자리를 준비한다. 작은 방이 답답하게 느껴져 아이들을 위해 공간이 좀더 넓었으면 좋았을걸 하고 생각한다. 처음에 나는 아들용으로는 바둑판 무늬의 이불보를, 딸아이용으로는 꽃무늬 이불보를 선택했다. 막신은 내가 고른 물건을 보고 지나치게 전형적이고 시대착오적이라며 한마디했다. 그녀는 아이를 키울 때 성차를 강조하지 않는 편을 선호하는 유형의 사람이다. 분홍이나 파랑, 인형이나 트럭으로 가르지 않는 것이다. 이혼 전 교외에 있는 집에서 아이들이 각자 방을 갖고 있었을 때 나는 갓이 달린 스탠드를 꼼꼼하게 고르면서 아들애를 위해서는 푸른색, 딸애를 위해서는 분홍색을 선택했었다. 이제 둘이 같이 쓸 이 방에서는 모든 게 뒤섞여 있고 당연히 그게 더 낫다. 정돈된 침대를 바라보면서 나는 이렇게 험난한 도시에서 내가 아이들에게 마련해줄 수 있는 미래가 어떤 것일지 궁금해한다.

"깬 지 오래됐나봐." 주방에서 막신이 묻는다.

"새벽 5시부터 깨어 있었어."

"난 아주 잘 잤는데."

네스프레소 커피머신이 윙 하고 모터 소리를 내면서 잔에 아라비카 원두의 진갈색 액체를 압력 추출한다. 뜨겁고 진한 커피 향기가 주방을 채운다. 나는 두 개의 크루아상과 두 개의 초콜릿빵이 든 종이봉투 옆에 커피잔을 내려놓는다.

"마음만 먹으면 다정해질 수 있다는 거 당신도 알지."

"잠을 제대로 못 잤을 때도 그래." 내가 그녀를 껴안으며 말한다.

샤워를 마친 막신의 젖은 머리카락이 그녀의 얼굴을 달라 보이게 한다. 얼굴이 편안하게 이완된다. 그녀의 뺨에 입맞춤하자 내 입술에 로션 맛이 느껴진다. 나는 아침의 새로워진 그 에너지, 잠깐 동안 우리를 채워 우리로 하여금 하루가 시작되기 직전 모든 게 가능하다고 믿게 만드는 그 상쾌함을 음미한다.

"나 당신 향수 뿌렸어. 이 오드콜로뉴 정말 맘에 들어. 향이 좋아."

"당신 충고대로 베레니스를 위해서는 바둑판 무늬 이불보를, 트리스탕을 위해서는 꽃무늬를 준비해뒀어."

"아주 잘했네. 그리고 베레니스는 축구 학원에, 트리스탕은 클래식발레 학원에 등록하는 거야."

"농담하는구나. 하지만 사실 트리스탕이 춤추는 것에 대해 물은 적은 있어."

"그래서 당신은 어떻게 결정했어?"

"지금으로서는 아무것도 결정하지 않았어. 난 그게 좀 이상한 거 같아."

"뭐가 이상해? 우선 학원에 데려가는 걸로 시작해. 아이가 춤추는 걸 좋아하는지 확인할 수 있게 말이야."

"당신 말이 맞아, 그 애는 스스로 판단하겠지. 하지만 난 아이가 학교에서 놀림받을까봐 두려워."

"당신이 아이의 뜻을 받아주고 그 애가 행복하다면 아무도 놀리지 않을 거야."

나는 트리스탕과 동갑인 남자아이를 키우는 막신의 충고를 귀담아듣는다. 그녀는 교육 문제에 있어 접근 방식이 나와 상당히 다르다. 그녀는 금지하지 않는 쪽을 선호하고, 못하게 하기보다는 북돋아주는 것을 장려하는 긍정 교육의 미덕을 내게 알려준다.

"하루아침에 나 혼자서 아이들을 그런 식으로 교육시킨다는 게 간단치 않아."

"알아. 나도 겪었는걸. 가부장적 교육을 받은 마지막 공룡들이랄 수 있는 당신 세대의 남자들에게는 훨씬 더 힘든 문제라는 거 충분히 상상이 가."

용들

Les Dragons

1

모든 것은 내가 아파트 열쇠를 잃어버린 날 저녁부터 시작되었다. 저자와 음료를 한잔 하고 카페를 나오다가 나는 마그네틱 배지를 달아둔 열쇠 꾸러미가 없어졌다는 것을 깨닫는다. 이유는 모르지만 막신에게 그녀의 집 열쇠도 잃어버렸다고 말해야 한다는 생각에 겁이 난다. 창피해서 그런 걸까? 아니면 자존심 상해서? 마치 이 일이 나의 산만함을 자주 지적하는 그녀가 옳았다는 근거가 되기라도 한 것 같다. 나는 흔하게 일어나는 이런 사건에 어울리지 않는 과도한 공포감을 느끼며 인도에 서 있다. 순간적으로 밖으로 내몰리고, 거리로 내동댕이쳐지고, 바닥에 눌려 있는 듯한 느낌이 든다. 이윽고 나는 마음을 진정시킨다. 기분을 가라앉히는 데 언제나 효과가 있는 책들의 보호를 받으며 해결책을 생각해내기 위해 '레큄 데 파주' 서점으로 들어간다. 두 개의 해결책 중에서 선택할 수 있다. 부모님 집에 가서 자든가 뱅상에게 연락해 그의 집 창으로 나와서 우리 집 창문 중 하나가 열려 있는지 확인해달라고 하는 것이다. 열쇠공을 부르는 건 고려 대상이 아니다. 열쇠공은 멀쩡한 자물쇠를 부숴버리고 1,200유로를 내라고 할 것이다. 여기는 파리가 아닌가. 자칫하면 관자놀이에 권총이 겨눠진다. 진짜 권총강도로 변한 열쇠공들도 있다. 하지만 어떻게 뱅상과 연락한단 말인가? 그는 휴대폰이 없다.

서가를 돌며 몇 가지 선택권에 대해 생각하는 동안 갱스부르의 노래 곡조가 머릿속에 맴돈다. "슛, 쉿"이라는 노랫말이 반복적으로 들린다. 내 불안은 점점 심해지고 세르주 갱스부르가 부르는 노래는 후렴으로 치닫는다. "'드래곤 체이싱'엔 손대지 마, 자기 몸에 한 방 놓는 용을 쫓아버려."[1] 갑자기 그 노래가 내 머릿속을 온통 차지하더니, 얼마 안 있어 그 강박관념 자체가 열쇠 분실에 대한 생각을 대체해버린다. 나는 이 사건 이면에 징조가 있었다고, 이 불가피한 운명과의 만남은 이미 예정되어 있었다고 스스로를 설득한다. 나는 이 사건을 단순한 사고가 아니라 내 주거지와 나 사이에 불쑥 생겨난 시련이라고 여긴다.

나는 지난 몇 해를 되짚어보며, 앞으로 닥칠 일련의 사건들까지를 고려할 때 이토록 있음 직하지 않은 상황에 봉착하게 된 논리적 연

---

[1] 갱스부르의 노래 〈운좋은 아이들에게Aux enfants de la chance〉에서는 '드래곤 체이싱'이 '천사의 가루'로 나온다.

결고리가 무엇이었는지를 이해해보려 애쓴다. 어찌나 괴상한 사건들이었던지 결국 나를 드라공가로부터, 내가 전에 없이 자유롭고 행복했던 그 영토로부터 추방할 정도가 아니었던가.

용이 실재하는 동물이 아니라는 건 다들 안다. 과거에는, 수백만 년 전의 선사시대에는 오늘날 우리가 용으로 알고 있는 민간전승의 표현에 들어맞는 동물들이 실제로 살았다. 온갖 종류의 용들이 있다. 도판에 나오는 전설상의 용들뿐 아니라 우리의 머릿속에 줄곧 떠오르고 우리의 망상 속으로 슬그머니 미끄러져 들어오는 히드라에 이르기까지 온갖 용들이 있다.

이 모든 일이 일어나기 전부터 용은 존재했고, 우리 중 어느 쪽이 상대를 찾아낸 건지, 그러니까 용이 나를 찾아낸 건지 내가 용을 찾아낸 건지 모르겠다. 용은 지리적으로는 파리의 한 거리였고, 예술적으로는 갱스부르의 노래였으며, 역사적으로는 내가 1996년 복무했던 군부대였다.★[2] 쥐라산맥에 있던 발다옹 군 기지 제5연대 드라공 부대. 3,000명의 병사로 구성된 거대한 작전지역. 나는 프랑스 청년으로 병역 의무를 치른 마지막 세대에 속했다. 1997년 자크 시라크 대통령은 프랑스 징병제도에 종지부를 찍었다. 그 직전인 1996년 8월 나는 우편으로 임무 수행 서류를 받았는데, 10월 1일

★2 거리, 노래, 부대, 곧 드라공가, '드래곤' 체이싱, 드라공 부대를 뜻한다.

아침 7시에 발다옹 기지로 와서 연대에 합류하라는 간단한 내용이 었다. 10개월 동안 나는 국가의 시각으로 볼 때 '드라공 에스캉드' 였다. 나는 전투복을 입고 베레모를 쓰고 기관총을 메고 찍은 사진을 갖고 있다. 이 사진이 아니었다면, 나는 내 삶에 이런 사건이 있었다는 것을 믿지 못했을 것 같다. 요즘 시각으로 보면 사실처럼 보이지 않는 일이다.

막신과 내가 의견 대립을 보인 여러 가지 주제들 중에 병역에 관한 것도 있다. 그런데 막신은 나와 같은 세대가 아닌가. 우리가 산 시간 가운데 수십 년이 겹친다. 대량 실업, 에이즈, 베를린장벽 붕괴, 테러 공격, 반인종주의 싸움 같은 모든 것을 함께 경험했다. 하지만 그녀는 자기 친구들은 모두 의사와 공모하거나 병무청의 인맥을 통해 병역을 면제받는 데 성공했는데, 왜 나는 그런 조치를 취하지 않고 병역의무를 치러야 했는지 이해할 수 없다고 했다. 그녀는 '졸병의 의무'에 순순히 따른 나의 고분고분한 성향을 종종 놀려대며, 내가 그러면서 일종의 변태적 쾌락을 느낀 게 아닌지 의심했다. 오늘날 아무리 유쾌하게 언급한다 해도, 군대 막사의 권위주의적 성격 때문에 내게는 지긋지긋한 경험이었다. 아냐, 난 군인이 되고 싶지 않았어. 나는 한 차례 이상 막신에게 말했다. 하지만, 그렇다. 나는 연대 동료들과 형제애를 나누며 귀중한 순간을 사는 행운을 누렸다. 특히 군 복무가 아니었다면 순박한 서민층 청년들과 일상을 공유하는 경험을 결코 할 수 없었으리라.

지난 일을 돌아보면 내가 내 자유를 두고 더 이상 협상하지 않겠다고 생각하기 시작한 것이 그때부터였던 것 같다. 내가 말하는 그때는 처음으로 용이 내 삶 속에 구체적으로 들어왔다고 느낀 때다. 용은 추상적이고 예술적인 존재에 그치지 않고 자유에 대한 나의 절대적인 갈망을 상징하는 것이 되었다. 막사에서의 첫날 밤, 나를 포함한 스무 명의 선한 청년들이 정신적 쇼크 상태에 빠져 스파르타식 안락함을 주는 공동 침실에 누워 있었던 것이 기억난다. 강력한 화학적 충격, 곧 반항심과 분노로 머릿속이 마비될 것 같았던 것이 기억난다. 조국이 나를 감옥에 처넣었던 것이다.

2

나는 그리스 작가 콘스탄티노스 카바피스의 시집을 한 권 사서 서점을 나온다. 그리고 시간을 갖고 결정을 내리려고 근처에 있는 르루케 카페로 간다. 나는 메인홀 구석에 있는 밤색 가죽을 씌운 긴 의자에 앉아 프렌치프라이를 곁들인 달걀 요리를 주문한다. 그러면서 혹시 하는 마음에 이곳에서 저녁을 먹고 있다고 뱅상에게 메일을 보낸다. 30분 후 나는 답장을 받는다. 그가 직접 나타난 것이다.

"모든 길은 한 지점에 이르지. 환멸이라는 지점에."

"혹은 르루케 카페로."

"그게 그거 아냐?"

"오스카 와일드였나?"

"맞아, 그는 예언자였어. 하지만 열쇠공은 전혀 아니었지. 그랬다면 그의 성적 취향 때문에 투옥된 감옥에서 탈출할 수 있었을 텐데."

"그리고 그의 남자친구 부모의 축복도 받았겠지. 19세기는 호모 성향의 시인들에게는 지옥이었어."

"야성의 조짐이 엿보이는 이 아름다운 밤에 한잔할까?"

우리는 건물 앞에 이른다. 새벽 1시가 넘은 시각이다. 열쇠를 잃어버렸다는 내 이야기가 사실인지, 아니면 집에 돌아가지 않기 위해 꾸며낸 책략이었는지 뱅상이 묻는다.

나는 정말로 열쇠를 잃어버렸다고 확인해준다. 한 무리의 학생들이 길 건너편에 서서 베르나르팔리시가의 디스코장으로 돌아갈 때를 기다리며 담배를 피우고 있다. 뱅상은 사람들 눈을 피해 건물의 안뜰로 들어가 반대쪽으로 올라가자고 제안한다. 포석이 깔린 작은 뜰은 마치 주민들의 잠으로 덮여 정적의 돔이 된 듯 고요하다. 뱅상은 건물 벽을 손으로 더듬으며 붙잡고 올라갈 만한 곳을 찾는다. 자연석 기둥이 솟아 있는 건물 모서리에서 그는 틈에 손가락을 밀어넣고 2층으로 올라간 다음 발코니의 난간을 잡고 걸음을 멈춘다. 그는 나에게 올라오라고, 팔에 힘을 주고 계속 올라오라고 나직하게 속삭인다. 이번에는 내가 기둥으로 다가가 차가운 주철에 손가락을 밀어넣는다. 도시의 분진이 여러 해 동안 쌓여 생긴 끈끈한 물질이 느껴진다. 내가 신고 있는 정장 구두의 밑창이 벽에서 미끄러지는 와중에도 나는 잡을 곳을 찾아내 몸을 쭉 뻗고 매달리는 데 성공한다. 상당한 노력 끝에 나는 뱅상과 합류한다.

"힘들군." 내가 말한다.

"맞아, 여긴 난이도가 높아. 이번에는 건물의 북쪽 면으로 올라가자."

"내가 이런 식으로 6층까지 갈 수 있을지 모르겠어."

"숨을 좀 골라봐. 벨트 좀 풀고." 그가 말한다.

나는 발코니를 붙잡고 애를 쓴 끝에 바지에서 가죽 벨트를 빼내는 데 성공한다. 뱅상도 벨트를 빼낸다. 이어 그는 두 개의 벨트를 묶은 다음 내게 말한다.

"계속 가자. 다음 층에 이르면 내가 벨트를 내려줄게. 그럼 거기 매달려 한숨 돌릴 수 있을 거야."

정장 양복 차림의 나는 헐떡이고 땀 흘리는 와중에 새 가죽 신발에 흠집이 나고 재킷 소매가 찢어졌다는 것을 깨닫는다. 그렇다고 좋은 기분이 망가진 것은 아니다. 우리가 이렇게 위험하기도 하고 우스꽝스럽기도 한 상황에 처해 있다고 생각하자 쿡쿡 웃음이 터진다. 뱅상과 내가 너무 큰소리로 이야기를 나눈 것이 틀림없다. 왜냐하면 우리가 매달려 있던 발코니의 창문이 갑자기 열렸던 것이다. 어둠 속에서 분개한 음성으로 외치는 파자마 차림의 남자가 보인다.

"아니, 도대체 이게 무슨 일이야?" 남자가 무슨 무기라도 되는 것처럼 전화를 가슴팍에 대며 외친다.

"집 열쇠를 잃어버려서요." 내가 말한다.

"당신들 여기서 뭐 하는 거요?" 남자가 분노가 치밀어오르는 듯 같은 말을 반복한다.

"정말 죄송합니다, 선생님. 제 친구가 열쇠를 아파트 안에 두고 나와서요. 저는 이 친구가 무사히 집에 들어갈 수 있도록 돕고 있는 거고요."

"무사히?" 남자가 어이가 없다는 듯 뱅상의 말을 반복한다.

갑자기 그는 정신을 차린 듯 휴대폰을 휘두르며 경찰을 부르겠다고 협박한다.

"정말이지 안 그러셔도 돼요. 이제 집에 거의 다 왔으니 아무 문제 없을 겁니다."

"이건 파렴치한 짓이요, 정말이지 파렴치한 짓이라고!" 남자가 고함친다.

대화가 불가능한 이 상황에 지친 나는 이웃 남자에게 그만 가서 자라고 건조하게 말한다.

"뭐라고?" 남자가 되묻는다.

"우리 좀 내버려둬, 파시스트 같으니."

뱅상은 그의 대답을 기다리지 않고 다시 올라가기 시작하고, 창문이 쾅 소리를 내며 요란하게 닫히는 소리가 들린다. 화가 머리끝까지 난 이웃 남자의 신고를 받은 경찰이 들이닥치기 전까지 우리

에게 시간이 얼마 없다는 게 분명하다. 우리가 힘을 짜내 우리 집 창
문에 도달할 수 있었던 것은 이런 쫓기는 상황이 불러일으킨 에너
지 덕분이다. 우리는 불을 켜지 않고 거실로 들어가 어둠 속에서 피
할 수 없는 법 집행자들이 도착하길 기다린다. 불과 5분이 지났을까,
몇 사람이 서둘러 우리 집이 있는 층까지 계단을 올라오는 발소리
가 들린다. 초인종 이 울린다. 내가 불을 켜고 뱅상을 바라보자, 그
는 자신이 집 안에 있다는 걸 말하지 말라는 뜻으로 손가락 하나를
입에 갖다댄다. 나는 얼굴에 땀이 줄줄 흘러내리는 딱한 상태이지
만 가능한 한 차분하고 침착한 태도를 취하려고 애쓴다. 그리고 문
을 연다. 내 앞에 사복 경찰 셋과 건장한 남자 둘, 경찰임을 나타내
는 대문자 약자가 표시된 오렌지색 완장을 보란 듯이 찬 몹시 여윈
얼굴의 여자가 서 있다. 여자가 호전적인 어조로 말을 시작한다.

"안녕하십니까, 선생님. 경찰입니다."

"그런데요?"

"저희가 왜 여기 왔는지 아십니까?"

"그런 것 같군요."

이번에는 두 남자 중 땅딸막한 사내가 총이 들어 있는 총집을 보
란 듯이 걸친 엉덩이에 한 손을 올리고 말한다.

"당신이 이 아파트의 소유주이신가요?" 그가 묻는다.

"임차인입니다."

"혼자 계신가요?"

나는 한순간 주저하다가 왼쪽 전기계량기 근처에 숨어 있는 뱅상

136

을 옆눈으로 힐끗 보며 대답한다.

"그렇습니다, 저 혼자입니다."

"이 건물 입주민으로부터 선생님이 자기 집 발코니를 통해 건물을 기어올라가고 있다는 신고 전화를 받았습니다. 사실입니까?"

"제가 열쇠를 잃어버려서요. 제 집으로 들어가려면 다른 방법이 없어서……."

"그렇군요. 신분증 좀 보여주시겠습니까?" 여자가 무전기를 꺼내며 말한다.

"왜 그래야 하죠? 문제될 게 아무것도 없는데……."

"제 말대로 하시죠, 선생님."

나는 배낭에서 지갑을 꺼내 신분증을 건넨다. 그녀가 무전기에 대고 내 이름을 한 자 한 자 발음하는 소리가 계단에 울려퍼진다. 잠시 후 어떤 목소리가 '오케이 특이사항 없음'이라고 응답한다. 여자는 신분증을 나에게 돌려주는 대신 다른 경찰에게 건네고, 그는 미심쩍어하는 눈길로 나를 살피기 시작한다.

"우리 전에 만난 적 있소?"

"아뇨."

"휴대폰 번호 있소?"

"휴대폰 번호요?"

"그렇소, 06 그다음이……."

내가 휴대폰 번호를 알려주는 동안 세 사람은 나를 체포할 수 있는 최선의 방법을 생각해내려는 듯 낮은 음성으로 대화를 나눈다. 마침내 남자가 나에게 신분증을 돌려주고는 나를 똑바로 쳐다보면서 한 걸음 앞으로 다가온다. 내 앞에 버티고 선 키가 190센티미터쯤 되는 남자에게서 담배와 땀 냄새가 풍긴다. 나는 금방이라도 폭발할 것 같은 거친 긴장감을 감지한다.

"저기, 당신 같은 광대들을 상대하는 것 말고도 우리에겐 다른 할 일이 있소. 그러니 내 말 잘 들어요. 난 더 이상 당신에 관한 얘기를 듣고 싶지 않소. 이제 우린 당신 전화번호를 갖고 있고, 당신이 누군지 알고 있고, 당신을 기억해둘 거요."

여전히 그들이 볼 수 없는 곳에 숨어 있는 뱅상이 불안하게 나를 지켜보는 것이 느껴진다. 다른 두 경찰이 대화를 끝내고 문턱에 있는 그들의 상관에게 온다. 법이 허용하지 않는다는 것 외에 그 무엇도 그들이 내 집 안으로 들어오는 것을 막을 수 없지만, 이 순간 나는 신성불가침한 헌법이 그들을 충분히 막을 수 있을지 확신하지 못한다.

"할 말이 더 있소. 당신 동료 뱅상에게 전해요……. 우리가 그도 잊지 않을 거라고."

"하지만…… 저는 이해할 수가……"

"그만해요……. 그리고 조만간 우리가 그를 잡을 거라고 전해요."

"또 뵙겠습니다." 여자가 말한다.

나는 문을 닫는다. 경찰들이 사냥에 나선 사냥개 무리처럼 말없이 층계를 급히 달려 내려가는 소리가 들린다. 방금 일어난 일이 여전히 비현실적으로 느껴진다. 어쨌든 일상생활에서 경찰의 강한 으름장을 직면하는 경우는 거의 없기 때문이다. 뱅상이 내 쪽으로 다가와 기운차게 악수를 한다.

"내가 다 설명할게. 어쨌든 고마워. 넌 내 생명의 은인이야." 그가 말한다.

"아, 그래, 정말? 저들이 농담을 하는 것 같진 않던데……."

"전혀 아니지. 내가 아는 경찰들이야."

"네가 저들을 어떻게 알아?"

"저 위에서 다 말해줄게."

"오늘 밤은 이걸로 충분한 것 같지 않아?"

"전혀. 이건 출발신호인걸."

우리는 안뜰로 창이 난 집에 사는 이웃들의 눈에 띄지 않도록 도로 쪽으로 나간다.

말로 표현할 수 없는 부드러움이 지붕 위에 넘실거린다. 열기가 감도는 옅은 안개의 베일이 대기에 드리워진 것 같다. 보이지 않는 불꽃놀이꾼이 쏘아올린 불꽃이 이 연기의 막 위로 오렌지색 버섯처럼 부풀어오르는 것 같다.

우리는 생제르맹 대로 쪽으로 방향을 잡고 지붕에서 지붕으로 드라공가를 따라 걷는다. 멀리 조르주 퐁피두 센터의 개성적인 직사각형 건물과 빨간색 튜브 그리고 하얀 철근 더미가 보인다. 우리는 테라스에서 마룻대로 건너뛰며 대로를 굽어보는 마지막 건물에 이른 후 그 위에 앉는다. 우리의 다리 아래로 자동차 행렬이 끊임없이 이어지는 것이 마치 조용한 강가에 앉은 것 같다. 뱅상은 나에게 코냑 병을 건네고 내가 그 그윽한 맛을 음미하는 동안 성냥으로 시가에 불을 붙인다.

"좋아, 얘기하자면 이래. 작년 여름 오토바이를 타고 파티에서 돌아오는 길이었어. 그날 밤 적지 않게 마셨지. 고약한 일 같은 건 전혀 없었고, 그저 콩트르스카르프 광장에서 중앙 분리 녹지에 부딪히는 바람에 얼굴을 좀 다쳤을 뿐이야. 난 의식을 잃었고, 구조대원이 온 모양이야. 그들은 내 상태를 살펴보고는 가도 좋다고 했어. 그런데 술이 깨지 않은 상태에서 내 머릿속에 사람들에게 여흥을 제공해 그 우스꽝스러운 사고를 멋지게 벌충해야겠다는 생각이 떠오른 거야. 나는 길을 건너 어떤 건물 위로 기어올라갔어. 어리둥절해하던 구조대원들은 내가 건물 위에서 뛰어내리려는 줄 알고 경찰을 불렀지. 밤 11시경이었는데, 광장은 흥겨운 분위기였어. 사람들이 내려오라고 나를 설득하는 데 시간이 좀 걸렸지. 나는 체포돼 술이 깰 때까지 경찰서 유치장에 갇혔어. 다음 날 나는 일이 그쯤에서 끝날 거라고 생각했지만 구금되고 말았고. 자세한 내용은 생략할게. 어쨌든 나는 더 이상 문제를 일으키지 않겠다고 경찰들에게 약속했어. 그날 이후 그들은 나를 지켜보고 있어. 내가 적절치 못하게 건물을 탐사 중일 때 체포당하면, 나는 그들에게 반쯤 죽을 거야. 그래서 내가 조금 전 숨어 있었던 거야. 잡히면 안 됐거든."

"이제야 이해가 되는군. 하지만 좀 지나친 거 아냐? 우리는 아무에게도 해를 끼치지 않고 그저 지붕 위를 산책할 뿐이잖아."

"네 말이 맞아. 바로 그래서 내가 이걸 그만두지 않는 거야. 이 대기 중의 온갖 오염물질 좀 보라고! 이거야말로 우리의 건강에 진짜 걱정스럽고 위험한 것 아니겠어. 하지만 아무도 신경 쓰지 않지."

"어쨌든 한 가지는 분명해. 여전히 우리는 자유롭게 여기를 돌아다닐 수 있고, 그게 그들을 실망시킨다는 거. 여기는 빨간불도, 장벽도, 일방통행 도로도 없어. 그저 탐사되기를 기다리는 드넓은 공간이 있을 뿐. 저 아래에서 우리는 도처에서 감시당하고 있어. 그걸 받아들이기 위해서 뭘 할 수 있겠어? 진짜 삶은 지붕 위에 있어. 그걸 포기한다는 건 말도 안 돼.'

"말 잘했어. 그만둘 이유가 없고, 필요하다면 싸워야지. 저 아래에는 카우보이들이, 위에는 인디언들이 있는 거지."

뱅상이 시가를 한모금 길게 빨자 시가의 빨간 불이 그가 손가락에 낀 해골 모양 은반지에 반사된다. 미광을 받은 그의 옆얼굴이 마치 불가에 있는 아파치 인디언의 얼굴처럼 사납게 보인다. 잠시 침묵한 후 나는 "휴!" 하고 소리를 낸다. 어떤 말도 안 되는 이유에서인지는 모르지만 우리는 미친 듯이 한바탕 웃음을 터뜨린다.

현관문 자물쇠 속에서 열쇠가 돌아가는 소리에 나는 잠에서 깬다. 막신이 아이들 방으로 다가오는 소리가 들린다. 간밤에 나는 옷을 모두 입은 채 아이들 방의 이층 침대 아래 칸에서 잤다.

"하, 완전 볼만하네!" 그녀가 외친다.

"제발 목소리 좀 낮춰줘."

"다음엔 뭐야? 파자마 차림으로 출근하는 거?"

"지금 몇 시야?"

"7시."

"당신을 보니 좋다. 어젯밤 괴상한 일이 좀 있었어."

"신발도 벗고 잘 수 없을 정도로 괴상한 일이었어?"

"난 철학이 정말 좋아."

"뜬금없이 무슨 말이야?"

"《구토》,《존재와 무》…… 뭐 그런 거에 대한 얘기야."

"좋아, 장폴 사르트르, 일어나서 샤워해."

"머리가 아파."

"당신한테서 냄새나."

막신은 케이스에 든 기타를 주방 구석에 내려놓는다. 그녀는 오늘 밤 우리 집에 자러 올 때 좋아하는 곡을 연주하고 싶다면서 기타를 거기 놓아두어도 되는지 묻는다. 나는 우리 집 공간을 점령해나가는 그녀를 보면서 기분이 좋다. 그녀의 물건 몇 개가 이미 우리 집 여기 저기에 놓여 있는데, 그중에는 출력 좋은 JBL 블루투스 스피커도 있다. 덕분에 나는 이제 그녀가 프랑스 젊은이들이 좋아하는 현대적인 팝 음악에 열광한다는 것을 안다. 사실 나는 클래식 음악을 주로 들는다. 그녀는 벽장 안에 면 주머니 하나를 걸어두었는데, 그녀가 없을 때 호기심에 주머니를 열어보니 레이스 속옷이 들어 있었다.

3

오늘 저녁 나는 아들 트리스탕을 데리러 간다. 매주 나는 아이들 중 하나와 적어도 하루 저녁을 함께 보내며 단둘만의 시간을 갖는다. 주말에는 격주로 아이 둘을 모두 데려온다. 저녁 6시, 나는 오토바이 탑케이스에 노트북과 수영용품을 넣은 다음 팔꿈치에 헬멧을 끼우고 파리 시내를 가로지른다. 건물 앞에 도착한 후 안나벨라에게 전화를 건다.

"아빠 만난다고 트리스탕이 좋아해. 한 시간 전부터 짐을 싸더라고. 기대해, 내가 새 수영복과 오리발을 사줬거든."

"오리발? 하지만 우리는 바다에 가는 게 아니잖아!"

"트리스탕 말이 그걸 착용하면 자기도 아빠만큼 빨리 헤엄칠 수 있다는 거야."

"귀엽네, 빨리 보고 싶다. 트리스탕이 나한테 더 자주 왔으면 좋겠어."

"나도 반대 안 해. 하지만 왔다갔다하느라 아이가 너무 피곤해하면 안 되니까."

"당연하지. 애가 중학교에 들어간 후 어떻게 일정을 짜면 좋을지 생각해보자고."

"저기, 애 지금 내려간다. 오토바이 운전 조심해."

나는 거리로 나오는 열 살짜리 아이의 여린 실루엣을 본다. 나는 내 앞에 선 아이를 두 팔로 얼싸안으며 아이의 따뜻한 목에 얼굴을 묻는다. 아이는 두꺼운 파카를 입고 모자를 썼는데 모자 아래의 녹색 눈이 기쁨으로 반짝인다. 나는 살갗이 집히지 않도록 조심하면서 아이의 턱 아래로 헬멧의 턱끈을 채워준다.

"준비됐어, 아들, 우리 수영장에 가는 거야!"

"음악 틀어줄 수 있어요, 아빠?"

"뭘 듣고 싶은데? 조니 알리데?"

"으 아뇨, 그건 엄마랑 있을 때 줄창 들어요……. 스트로마에*★1를 틀어주시면 좋겠어요. 〈아빠 어디 있어Papaoutai〉란 노래 아세요?"

"그럼, 그 노래 짱이더라."

나는 앨범 〈제곱근Racine carée〉을 튼다. 가수의 '플로우'*★2가 오토

★1 벨기에의 가수이자 래퍼, 작곡가.
★2 가수나 래퍼가 그들의 음악에서 사용하는 리듬, 박자, 라임 등의 진행 방식.

바이의 속도를 따라오고, 파리의 거리가, 행인이, 기념물이 뮤직비
디오처럼 펼쳐진다. 우리는 마들렌 성당을 에두르고 콩코르드 광장
을 가로질러, 황금빛 조각상으로 장식된 알렉상드르 3세 다리로 접
어든다. 앵발리드 광장과 부속 궁 쪽으로 센강을 가로지르는 다리
다. 갈매기 떼가 연보랏빛 하늘 위로 날개를 펼치고 강을 거슬러오
른다. 오토바이를 탄 경찰 둘이 신호등에서 우리 옆에 와 멈추더니
그들 중 하나가 우리를 살피기 시작한다. 갑자기 경찰 하나가 나에
게 무어라 말하지만, 음악과 헬멧 때문에 들리지 않는다. 그는 볼륨
을 낮추라고 신경질적으로 손짓한다.

"어린이를 태우실 때는 장갑 착용이 의무라는 거 아시죠?"

"아뇨."

"신중하지 못한 처사군요, 선생님."

"우리는 멀리 가는 게 아닌데요."

"그건 의무라고 말씀드렸잖습니까." 그가 언성을 높인다.

"알겠습니다, 다음에는 꼭⋯⋯"

"솔직히 말해서 난 당신 같은 사람들을 이해할 수가 없어요."

"죄송하게 됐습니다." 그의 눈빛에 공격성이 떠오르는 것을 감지
하고 내가 말한다.

두 경찰이 귀가 먹먹할 정도의 오토바이 굉음을 내며 떠나간다.
나를 안심시켜주려는 듯 아이가 내 어깨를 부드럽게 토닥이는 것이
느껴진다.

나는 에펠탑 아래쪽에 있는 15구의 건물 밀집 지역인 보그르넬에 오토바이를 세운다. 센강 가에 건설된 켈레 수영센터는 50미터 길이의 수영장을 갖추고 있다. 고등학교 때 나는 반 친구들과 함께 그곳에서 수영을 하곤 했다. 우리는 옆에 있는 전용 레인에서 훈련하는 라포스트 팀 선수들을 보고 감탄하곤 했다. 접수대에서 내가 파리에 거주하고 있다는 것을 증명해줄 신분증을 보여달라고 한다. 파리 시민은 반값에, 트리스탕은 무료로 들어갈 수 있다. 나는 세련된 사설 클럽의 수영장보다 시립 수영장을 선호한다. 시립 수영장은 마치 해변처럼 사람들이 서로 만나고, 서로 관찰하고, 우리를 하나로 묶어주는 온갖 차이를 경험하게 해주는 공공장소다. 아이는 나와 한 부스를 함께 사용하고 싶어 한다. 트레이닝복 차림의 직원이 우리를 탈의실로 안내한다. 그는 물 온도와 폐장 시간을 묻는 내 말은 듣지도 않고 사물함을 잠그는 방법을 기계적으로 설명할 뿐이다. 우리는 좁은 부스로 들어간다.

"저 아저씨는 왜 질문에 대답하지 않는 거예요?"

"할 일이 무척 많아서 그래. 그 아저씨가 매일 얼마나 많은 사람을 맞아야 하는지 알아?"

"그 아저씨는 자기 말만 했어요."

"너무 피곤해서 로봇 모드를 장착한 거지."

"저 추워요, 아빠."

"수건으로 어깨를 덮고 수영모자를 쓰렴."

"잘 못 쓰겠어요. 머리카락이 땅겨요."

모든 익숙한 장소들에서 그렇듯이 그 장소와 연관된 감각이 일깨워지면 즐거움을 느끼게 된다. 락스 냄새, 차가운 타일과 발이 만나는 감촉, 세균에 감염될까봐 피하게 되는 누군가의 젖은 발자국. 우리는 수영복 차림으로 복도를 걷는다. 트리스탕은 얼른 물에 뛰어들고 싶어 내 앞에서 종종걸음을 친다. 우리는 차가운 족욕장을 지나 두 개의 대형 수영장이 자리 잡고 있는 실내 공간으로 들어간다. 라텍스 모자를 쓰고 두 손을 가슴에 모은 채 덜덜 떨면서 걷는다. 강한 락스 냄새가 코를 찌른다. 조명을 받은 수영객들의 모습이 어릴 때 우리가 욕조에서 가지고 놀던 전동식 장난감 같다. 수영장에서 다른 사람을 지켜보는 행위에는 소셜 네트워크의 가상성과 대비되는 날 것 그대로의 방식이 있다. 인스타그램에서는 보는 행위가 조작된 이미지가 보여주는 걸 그대로 받아들이는 것을 뜻한다. 우리는 수건을 계단식 좌석에 내려놓고 작은 풀로 내려가는 계단 가장자리로 걸어간다. 어린아이들이 비명을 내지르며 물을 튕긴다. 얕은 풀의 미지근한 물이 내 배까지 올라온다. 나는 두 눈을 뜨고 물속으로 잠수해 트리스탕이 있는 곳까지 헤엄쳐가 아이를 붙잡아 놀랜다. 서로를 즐겁게 해주는 기쁨이 부드러운 물속에서 퍼져나간다. 우리는 두 뺨을 부풀린 채 서로를 좇는다. 얼굴에 물줄기 세례를 받는다. 나는 아이가 나를 물에 빠뜨리게 내버려둔다. 아이가 작은 힘으로 내 어깨를 누르는 것을, 터지는 웃음에 아이의 몸이 흔들리는 것을 느낀다.

트리스탕은 올림픽 규격의 수영장에서 수영하고 싶어 한다. 내가 먼저 사다리를 내려가고 아이가 뒤따른다. 우리는 난간에 몸을 기댄다. 그곳에는 쉬지 않고 레인을 왕복하며 수영하려는 사람들이 들어간다. 최고의 운동선수들과 초보자들이 함께하므로, 느리게 헤엄치는 이들은 빠른 속도로 수영하는 사람들의 짜증을 유발한다. 우리는 다른 이들을 방해하지 않기 위해 가장자리를 따라 평영을 한다. 트리스탕은 내 앞에서 대혼잡에 휘말렸고, 50미터를 가로질러 건너편 끝에 이르기 위해 어마어마한 노력을 기울인다. 때때로 아이는 난간에 매달려 숨을 고른다. 보라색으로 변한 아이의 입술 사이로 물과 침이 흘러나온다. 아이는 숨을 헐떡이면서도 자신이 속도를 높이기 위해 어떤 기술을 사용하는지 설명한다. 몇 바퀴 돌고 나서 우리는 물 밖으로 나와 수건을 집어 들고 샤워장으로 간다. 이제 물은 기분 좋게 뜨겁다. 아이가 자기 몸에 비누칠을 하는 동안, 나는 물이 목덜미로 흘러내리며 원기를 회복시켜주는 그 감각을 느긋하게 음미한다.

밖은 어두워졌고, 쌀쌀하다. 복도의 유리창으로 내다보이는 고층 빌딩들이 어두운 하늘에 솟아 있는 거대한 빙산 같다. 나는 아이가 감기에 걸리지 않도록 아이의 젖은 머리카락을 헤어드라이어로 말려준다. 외투를 입자, 수영으로 이완된 몸이 두툼한 침낭 속으로 들어간 듯 쾌적한 느낌이 든다. 우리는 샤를미셸 광장에 있는 맥도널드까지 걷는다. 나는 트리스탕이 터치스크린으로 우리 두 사람의 메뉴를 주문하게 한다. 아이는 너겟이 포함된 '해피 밀'을, 나는 '필레 오피쉬'가 포함된 '맥시 베스트 오브'를 먹을 것이다. 하지만 계산할 때 내 비자 카드가 단말기에서 도로 튀어나온다. 몇 번을 다시 시도하지만 소용이 없다. 다행히 나는 카운터에서 결제할 수 있는 식사 바우처를 가지고 있다. 은행과 또 문제가 있는 걸까? 불안이 다시 나를 엄습한다.

우리는 놀이공원의 탈것 안에 설치된 것과 비슷한 노란 플라스틱 부스 중 하나에 자리를 잡는다. 쟁반에 프렌치프라이를 쏟아놓고 케첩을 찍는다. 크레디 뒤 노르 은행의 웹사이트에 접속하자 문제가 생겼을 경우 연락할 긴급전화 번호가 나온다. 몇 분 후 상담원은 내가 세 건의 범칙금에 대한 독촉 통지를 무시해 그 금액을 전부 납부할 때까지 재무부에서 내 계좌를 동결했다는 사실을 알려준다. 그리고 은행이 사용 정지된 내 비자 카드를 되살릴 수 있도록 내일 아침 일찍 렌의 벌금센터에 연락하라고 한다. 공공기관의 무도한 일 처리로 인해 이런 불상사가 내게 일어난 것이 처음은 아니다. 우리는 막신이 기다리고 있는 아파트로 돌아온다. 그녀는 소파에 앉아 기타 위로 몸을 숙이고 있다. 낮은 테이블 위의 재털이에는 눌러 끈 꽁초 몇 개가 담겨 있고, 그 옆에 놓인 찻잔에서 김이 피어오른다.

"안녕, 신사분들! 환기했으니까 걱정하지 마." 그녀가 말한다.
"무슨 일이 있었는지 알아? 이 나쁜 자식들이 내 비자 카드를 막

아버렸어."

"그런 일이 벌어질 거라고 내가 말했잖아." 그녀가 기타를 치면서 대답한다.

"이건 갈취야. 국가가 하루 종일 우리의 주머니를 털고 있다고."

"불평 좀 그만해. 제때 범칙금을 냈어야지. 만약 범칙금 같은 거 내고 싶지 않으면 자전거를 타거나 나처럼 전철을 타고 다니라고."

그녀는 노래를 부르기 시작한다. 나는 피아노 거장의 재능만큼이나 나를 감동시키는 그녀의 재능 앞에서 꼼짝도 하지 않고 귀를 기울인다. 수영 때문에 지친 트리스탕은 서 있기도 힘든 것 같다. 막신의 따사로운 음성이 분위기를 띄우는 동안 아이는 살그머니 방으로 들어간다.

"이 곡 근사한데."

"에어로스미스의 노래 〈꿈꾸며 살라Dream on〉야."

"당신 연주가 참 좋다. 다음번엔 우리와 함께 수영장에 가는 거 어때?"

"내 아들과 함께 가자는 의미야?"

"응."

"완전 좋은 생각인걸. 우리 애도 트리스탕만큼이나 '맥도'를 좋아해. 이런, 얘 어디 갔어?"

"잠들었을걸. 별일 없는지 내가 보고 올게."

"물론 별일 없지, 찐따 아저씨." 그녀가 킥킥거리며 놀린다.

방으로 들어가자 잠든 아이의 달큰한 냄새가 난다. 불은 켜져 있고, 아이는 웃는 듯 입을 벌리고 코를 골고 있다. 나는 휴대폰으로 사진을 한 장 찍는다. 아이의 옷이 방바닥에 널브러져 있다. 나는 바지와 스웨터를 개고, 나머지 옷가지는 빨래바구니에 넣는다. 그리고 내일 입을 깨끗한 옷가지들을 의자 위에 올려둔다. 거실로 돌아왔을 때 막신은 침대 겸용 소파를 펼쳐놓고 반바지와 브래지어 차림으로 어깨 위로 머리카락을 늘어뜨린 채 이불 위에 책상다리를 하고 앉아 기타를 계속 연주하고 있다. 나는 그런 그녀가 어마어마하게 섹시하다고 생각한다.

4

아침 7시다. 막신은 내가 깨기 전에 가버렸다. 그녀의 향수 냄새가 시트에 배어 있고, 나는 그녀를 안을 수 없다는 게 아쉽다. 나는 바닥에 놓여 있던 그녀의 기타를 집어 든다. 몇 곡조 연주해보려고 애를 쓴다. 하지만 아무리 해도 어떤 조화도 찾아볼 수 없는 괴상한 소리만 날 뿐이다. 음악은 적어도 사랑만큼이나 위대한 미스터리다. 나는 아라공의 경이로운 소설 《죽음의 의식》에서 읽었던 멜로디가 지닌 마음을 사로잡는 힘을 완벽하게 묘사하는 문장을 떠올린다. 시인은 오직 음악만이 우리 안에 침묵을 채우고, 온갖 소음과 소동을 가라앉혀 순수한 하모니를 펼쳐내는 힘을 갖고 있다고 설명한다. 아침을 혼자 먹고 싶지 않아 나는 커피 한 잔과 크루아상 하나를 먹으러 건물 아래층에 있는 바로 내려간다.

바 카운터에는 손님이 아무도 없고 바텐더 네스린이 휴대폰을 들여다보고 있다. 배경음으로 FIP 방송의 재즈 프로그램이 흘러나온다. 육중한 커피머신에서 나오는 열기가 홀 안으로 퍼진다. 네스린이 고개를 들고 잠깐만 기다려달라고 손짓한다.

"오늘 아침에 선생님 여자친구를 봤어요. 막신이 선생님 여자친구 맞죠?" 잠시 후 그녀가 묻는다.

"네, 우리는 사귀는 사이예요."

"그녀가 우울해 보이던데요. 두 분이 싸우셨어요?"

"아뇨."

"좋은 분이에요. 선생님은 운이 좋아요. 제 전 파트너는 툭하면 거짓말을 했어요. 그래서 전 그를 떠날 수밖에 없었죠. 진짜 허언증 환자였어요. 커피 한 잔 드릴까요?"

"크루아상 하나하고요."

"맙소사, 빵집에 다녀오는 걸 잊었어요. 금방 다녀올게요. 바로 앞이거든요. 바 좀 봐주실래요?"

네스린은 카페를 가로질러 달려나간다. 그녀는 짙은 색 터틀넥 스웨터에 벨루어 반바지, 불투명 스타킹, 닥터 마틴 신발 차림이다. 그녀는 봉투를 안고 돌아온다. 한 봉투에는 바게트가, 다른 봉투에는 패스트리류가 들어 있다. 그녀는 빵을 주방에 내려놓은 다음 바 카운터 위에 놓인 고리버들 바구니에 패스트리류를 옮겨 담는다.

"여기 크루아상 있어요. 조금 전 선생님 여자친구와 대화하면서 커플이란 참 이상하다는 생각을 했어요."

"어째서요?"

"막신은 예쁘잖아요, 제 말은 나이를 감안하면 아직 아름다운 여자라고요."

"그런데요?"

"그런데 선생님은 그렇지 않잖아요. 그녀보다 나이가 많죠, 아닌가요?"

"우리는 다섯 살 차이예요. 그렇게 많은 편은 아니죠."

"아 그렇군요, 전 선생님이 그보다 더 나이 드신 줄…… 하지만 그건 중요하지 않아요. 외모에서 선생님은 그녀와 차이가 좀 나요."

"무슨 뜻이죠?"

"음, 기분 나쁘게 듣지 마세요. 선생님은 젊지도 않고 미남도 아니잖아요. 전 그런 것에 별로 개의치 않지만, 선생님은 독특한 형이세요."

"칭찬 고맙습니다."

"오 이런, 기분 상했나봐요!" 그녀가 말하면서 웃음을 터뜨린다.

"전혀 그렇지 않습니다."

"비난하는 게 아니에요. 전 그런 점이 독특하다고 생각해요. 제가 하고 싶은 말은 막신이 선생님의 진짜 모습을 보고 선생님을 사랑한다는 거예요. 그렇기 때문에 선생님이 운이 좋다는 거구요. 제 경우는 남자들이 대부분 예쁜 외모 때문에 저를 원해요. 그들은 내가 어떤 사람인지에는 전혀 관심이 없어요. 결국 바보 취급을 당하는 거 같아서 결과가 나빠요. 정말이지 그게 피해망상을 일으킨다니까요."

"막신이 당신에게 제 얘기를 했나요?"

"당연하죠, 무슨 생각을 하시는 거예요? 내가 그저 여기서 커피만 만들고 있다고 생각하시는 거예요?"

"물론 그렇진 않아요."

"좋아요, 그런데 어째서 내 말을 못 알아듣는 척하세요? 막신은 예쁜 여자고 이런 일은 자주 일어나지 않아요. 제 말 믿으세요."

세 사람이 바 안으로 들어온다. 네스린은 말을 멈추고 내게 또 하나의 크루아상을 내민다.

"자, 이건 바를 봐주셔서 드리는 거예요. 그럼, 이제 일하러 가세요. 저는 손님들에게 가봐야겠어요."

5

일주일 전부터 낮 기온이 4도 위로 올라간 적이 없다. 라디오의 일기예보에서 기자들은 10월치고는 이르게 찾아온 이번 추위가 기후 온난화의 결과라고 설명한다. 그날 아침 우크라이나 여행에서 돌아온 뱅상이 몇 시인지는 분명히 밝히지 않은 채 오늘 저녁 아파트로 나를 보러 들르겠다고 메일로 알려왔다.

막신이 나를 도와 이삿짐 중 마지막 남은 상자들을 비운다. 내가 계절이나 낡은 정도에 상관없이 아무렇게나 집어넣은 옷가지들이 담긴 상자들이다. 옷 무게만 수 킬로그램에 달한다. 푸른색, 검은색, 붉은색, 면, 합성섬유 등 바닥에 쏟아놓은 그 옷들은 내 삶의 최근 10년이라는 커다란 앨범에 뒤죽박죽으로 담긴 사진들 같다.

"이걸 다 어디에 정리하지?" 내가 묻는다.

"쓰레기장에다."

"뭐라고?"

"전부 입을 수 없는 옷들이야."

"너무 가혹한걸. 격자무늬 스웨터 좀 봐."

"끔찍해. 포레스트 검프의 스웨터 같아."

"헐값으로 처분해야 하다니 아깝군."

"누가 헐값으로 처분하래? 모두 적십자 헌옷 수거함에 넣을 거야. 여기서 가장 가까운 수거함이 어디 있는지 구글에서 좀 찾아봐."

"지금 당장?"

"응, 그리고 가는 길에 담배도 살 거야."

"피자는 어때?"

"먹고 싶으면 사."

우리는 헌옷이 담긴 대형 쓰레기봉투를 끌고 생제르맹 대로를 따라 시조가와 자크코포 광장 사거리까지 걷는다. 그곳에 헌옷 수거함이 있다. 내 뒤에서 막신이 숨을 헐떡이는 소리가 들린다.

"그만 뛰어, 포레스트!"

"거의 다 왔어."

"난 힘들어 죽겠다고."

"당신은 담배 좀 줄여야 해, 막신."

"하, 이렇게 나온다는 거지."

"당신이 들고 있는 봉투도 줘. 내가 들고 수거함으로 갈게. 피자 가게가 바로 저기야. 먼저 가 있어. 내가 그리로 갈게."

나는 식당으로 들어간다. 막신이 피자 화덕 근처의 테이블에 앉아 있다. 요리사가 팔레트를 이용해 피자를 장작불에 붉게 달구어진 아궁이 속으로 밀어넣는다. 노릇하게 구워진 모차렐라 치즈와 토마토 냄새가 식욕을 자극한다. 그녀 앞에 맥주컵이 놓여 있다. 나는 검은색 매니큐어가 칠해진 그녀의 손톱이 유리 위를 스치는 것을 바라본다. 그녀는 나에게 메뉴를 내밀며 토핑을 고르라고 말한다. 나는 그녀의 신경이 날카로워져 있음을 감지한다. 그녀의 눈빛에 차가운 분노가 떠올라 있다. 며칠째 나는 예전보다 빈번하게 지붕 위를 탐사했다. 막신은 뱅상과 함께하는 나의 야간 외출을 점점 더 참기 어려운 듯하다. 때때로 그녀는 나를 비난하고, 나는 그 높은 곳에서 내가 느끼는 자유로움을, 일상생활의 신산함을 씻어내기 위해 그것이 필요하다는 것을 그녀에게 이해시키려 애쓰지만 성공하지 못한다. 나는 그녀에게 우리와 함께 가자고 제안했지만, 그녀는 어지럼증을 이유로 언제나 거절해왔다. 산에서 지독한 어지럼증을 경험한 나로서는 이해할 수 있는 일이다.

"포장해 갈까?"
"응, 난 저녁 먹기 전에 담배 한 대 피우면서 한잔하고 싶어. 사실 요즘 사무실 분위기가 험악해. 감사가 진행 중인 데다 경영진의 압박이 심하거든."

"난 당신도 경영진 중 하나인 줄 알았는데."

"맞아, 그런데 좀 전에는 내 상사인 주주를 말한 거야. 그 사람이 진짜 사장이거든."

"마르게리타와 스트롬볼리 피자 중에서 뭘 고를까……."

"됐어, 뤼도빅, 햄 피자와 버섯 피자 중 하나를 고르는 데 세 시간을 쓸 필요는 없잖아."

담배 냄새가 거실에 가득하다. 막신은 내 옆에서 곤하게 자고 있다. 나는 그녀의 얼굴을 쓰다듬고 그녀의 머리카락 속으로 손가락을 집어넣는다. 새벽 1시, 잠들었다가 무슨 소리가 들려 잠에서 깬 참이다. 누가 유리창을 두드린다. 나는 뱅상의 실루엣과 그가 머리에 쓰고 있는 스테슨 챙모자를 알아본다. 나는 소리 나지 않게 조심스레 몸을 일으켜 창문을 조금 연다.

"미안해, 예정보다 늦게 나왔어. 네가 너무 오래 기다린 게 아니었으면 좋겠는데." 그가 말한다.

"막신과 저녁을 먹었어. 그녀는 지금 자고 있어. 그 커다란 배낭 안에는 뭐가 들었어?"

"야영에 필요한 모든 것."

"옷을 입을게. 2분이면 돼."

밖으로 나가보니 뱅상은 굴뚝에 기대 시가를 피우고 있다. 우리는 말없이 지붕 위의 영토를 바라본다. 우선 건물 꼭대기를 통해 안뜰을 따라가다가 더 높은 건물로 넘어가 서쪽으로 갈 예정이라고 그가 알려준다. 우리는 필요한 물품과 장작이 담긴 무거운 배낭을 메고 어둠 속을 걸어 담장 몇 개를 뛰어넘는다. 바깥의 찬 바람이나 기온을 고려하지 않고 대충 걸치고 나온 가벼운 웃옷 사이로 매서운 한기가 파고든다. 돌풍이 안테나를 흔들어댄다. 도시의 소음이 묻히고 우리는 도시의 타이가[1] 같은 지붕 위를 천천히 걷는다. 벽돌로 된 박공[2]과 나팔 모양으로 벌어진 통풍관 구석의 바람이 들이치지 않는 공간에 뱅상이 웅크리고 앉는다. 그는 '코코트미뉘트' 압력솥을 꺼내 그 안에 나뭇가지를 넣고 라이터로 불을 붙인다. 크고 노란 불꽃이 공중으로 피어오른다. 이 높이에서 불을 피우려면 인내심이 필요하다. 우리는 몸을 기울여 꺼져가는 불에 입김을 불어넣는다. 나는 연기 때문에 기침이 나지만 불꽃이 멋지게 올라오자 자극받아 숨이 찰 정도로 쉬지 않고 입김을 불어댄다. 불이 붙자 우리는 마시멜로를 꼬치에 끼워 굽는다. 달콤하게 캐러멀화된 마시멜로의 맛이 압력솥에서 발산되는 열기와 어우러진다. 우리는 멍하니 불을 바라보면서 불 양쪽에 길게 눕는다. 우리 주위의 원초적인 요소들과 우리가 느끼는 교감을 공유하기 위한 말 같은 것은 필요 없다. 시멘트는 바위가 되고, 건물의 파사드는 절벽이 되며, 팔꿈치에 닿는 함석

[1] 아한대기후에 냉대림이 펼쳐져 있는 지대. 한대수림이라고도 한다.
[2] 맞배지붕으로 만들어지는 삼각형의 벽면. 아래쪽 벽면과 다른 재료를 쓰기도 한다.

판은 화강암처럼 매끄럽다. 돛처럼 펄럭이는 불꽃의 미광 속에서 나는 도시를 덮고 있는 이 영토의 형태가 드러나는 것을 본다. 지붕 아래서 휴식하며 자고 있는 모든 이들을, 내 아이들을, 즐거운 것이든 무서운 것이든 이 무형의 돔 아래서 연소되는 모든 꿈들을 생각한다. 지붕 위와 아래를 이어주는 이런 연결고리가 우리가 꾸는 꿈의 질과 무관하지 않다고 여기면서.

얼마 지나지 않아 장작이 동나고 불꽃이 점차 사그라들면서 추위가 우리를 덮친다. 그도 나도 이렇게 빨리 야영을 끝내고 싶지 않다. 바람이 구름을 쓸어가버려 하늘에는 눈부신 별들이 반짝인다. 우리는 바닥에 등을 대고 누워 하늘을 바라보며 우리가 경험한 가장 아름다운 별밤을 꼽아보려 애쓴다. 뱅상은 알제리의 타하트산을 오른 다음 호가르사막에서 야영했던 밤에 대해 이야기한다. 나는 청소년기의 어느 여름날 밤 프랑스 남동부 로제르 지방의 초원에서 잠들었던 때를 떠올린다. 텐트 밖에서 자던 내 눈앞에 갑자기 은하수가 마법처럼 펼쳐졌다. 그 수많은 별빛에서, 그 아득한 현기증에서 나는 거기가 바로 내 자리라는 인상을 받았다.

"나무가 떨어졌군." 그가 말한다.

"그만 내려가야 하나?"

"아니, 조금만 더 있자. 예비품을 태우자고."

그가 몸을 일으키더니 벨트를 풀고 신발을 벗는다. 나도 그를 따

162

라 신발끈을 풀고 바지를 벗는다. 우리는 웃옷만 입은 채 양말과 셔츠를 쌓아올린다. 뱅상이 꺼져가던 불에 양말을 던지자 타닥거리며 불꽃이 타오른다. 우리는 옆으로 누워 다시 불멍에 빠진다. 어둠을 압도한 이 순간을 음미하는 가운데 술병이 그와 나 사이를 오간다.

"이러고 있으니 프레베르 무리가 떠오르는군. 1930년대에 프레베르와 친구들은 이 구역을 자주 드나들었지. 그들은 가난했지만 외출하기를 좋아했어. 자크 바로가 여기서 가까운 곳에 있는 커다란 다락방을 비싸지 않은 가격에 샀지. 그는 예술가 친구들을 모두 초대했는데, 사람들이 변장을 하고 왔어. 프레베르는 거기서 짧은 연극을 공연하곤 했지. 사람들은 바닥에서 자고 가기도 하고. 아주 특별한 분위기였다고 하더라고."

"나도 책에서 읽은 적 있어. 그 시대를 경험했더라면 좋았을 텐데. 광란의 시대*³도."

"바로가 그 다락방을 팔려고 내놓자 피카소가 샀지. 그는 그곳을 아틀리에로 만들고 거기서 〈게르니카〉를 그렸어."

"그 광기, 그 환희, 그 모든 게 어디로 가버린 거지?"

"여전히 있을 거야. 자기장처럼 확산된 형태로."

새벽 4시다. 마지막 남은 옷이 재가 되었다. 우리는 각자의 집으로 돌아간다. 뱅상 집 창문 앞에서 작별 인사를 한다. 우리 집 거실 발

---

*³ 파리를 중심으로 사회적, 예술적, 문화적으로 독특한 분위기를 형성한 프랑스의 1920년대. 같은 시기를 미국에서는 재즈 시대라고 한다.

코니까지 가기 위해서는 빗물받이 홈통 위를 몇 미터만 걸으면 된다. 집 안으로 들어가자 침대 겸용 소파가 비어 있다. 막신은 아이들 방으로 자러 간 모양이다. 지붕 위 탐험에서 돌아왔을 때면 언제나 그렇듯 나는 달콤한 잠에 빠져든다.

몇 시간 후 골치 아픈 일이 초인종 소리와 함께 우리 집에 닥친다. 용들은 결코 자기들끼리 따로 움직이지 않는다. 그들의 출현에는 연동 과정이 있다. 마치 천둥, 비, 폭풍 없이는 번개가 치지 않는 것처럼. 주방 오븐의 시계는 8시를 가리키고 있다. 오븐 문에 포스트잇이 붙어 있는 게 보이지만 읽을 시간이 없다. 나는 재빨리 청바지와 스웨터를 입고 문을 열러 간다. 회색 정장 차림의 나이 든 남자가 심각하고 불안한 표정으로 문간에 서 있다.

"에스캉드 씨인가요?"

"맞습니다."

"안녕하십니까, 선생님. 이렇게 이른 시각에 번거롭게 해드려서 죄송합니다. 저는 공동주택소유주협회 회장인 알랭 웨강입니다." 그가 말하면서 나에게 명함을 건넨다. "이곳 임차인들이 몇 가지 걱정되는 문제가 있다고 연락을 해와서 선생님을 뵈러 왔습니다."

"걱정되는 문제라뇨?"

"사실 건물 안전 문제라고 하는 편이 낫겠네요. 단도직입적으로 말씀드리는 걸 용서하십시오. 저희가 들은 바에 의하면 간밤에 누군가 건물 옥상에서 불을 피웠다고 합니다. 그건 보통 문제가 아니죠."

"그래서요?"

"그래서, 일주일 전에 선생님이 이 건물을 기어올라가는 것을 목격한 우리가 경찰에 연락했다는 것을 선생님께 알려드려야겠다고 생각했죠. 제 말을 오해하지 마셨으면 합니다, 에스캉드 씨. 공동주택소유주협회의 이익을 위해서 그러는 겁니다. 여기에 개인적인 감정은 전혀 없습니다. 좋은 하루 되기를 바랍니다."

이 으스스한 남자의 말을 끝으로 문이 닫힌다. 나는 그의 말이 단순히 사실을 전달하는 것인지 협박인지 구분이 안 된다. 그의 명함에는 그가 대표로 있는 협회의 주소가 기재되어 있는데, 사무실이 상업은행, 투자기금이 밀집한 지역인 8구에 있다. 어째서 나는 그 사실이 놀랍지 않을까? 달콤한 어조, 매뉴얼에 있는 용어, 교활한 의심, 요컨대 돈의 세계를 특징짓는 모든 속성을 지니고 있었기 때문이다. 이윽고 나는 포스트잇이 붙어 있는 오븐 앞으로 다가갔다. 막신의 글씨체로 무어라 쓰여 있다. 그녀는 대문자로 두 단어를 적어두었다. "첫 경고장." 나는 벽장을 연다. 그녀의 옷이 걸려 있던, 내 옷 옆의 공간이 텅 비어 있다. 마치 그녀의 불쾌감을 알려주는 구체적인 표시처럼. 나는 비난하는 소리를 듣지 못했으나 이제 그 결과를 눈앞에 보고 있다. 바로 이 순간 여유를 갖고 이 일화를 웃어넘기고 높은 곳으로 올라가 빠져나갈 수 있었으면 좋을 텐데. 하늘에서 보면 우리의 문제는 개미들의 게임과 같을 것 아닌가. 하지만 그녀의 이런 메시지에 나는 가슴이 아프다. 나는 그녀의 물건이 더 사라

졌는지 확인하기 위해 욕실로 간다. 세면대 턱에 잘 보이게 걸쳐놓은 그녀의 칫솔이 눈에 띈다. 이제 칫솔 하나만 사라지면 우리는 결별임을 알려주는 극명한 증거처럼.

6

나는 막신에게 전화를 건다. 그녀 휴대폰의 음성사서함에 사과 메시지를 남긴다. 오늘 그녀와 대화할 수 있는 가능성이 전혀 없다는 걸 알면서도 나는 그녀에게 전화해달라고 청한다. 매일 아침 이 아래에서 내가 보는 것은 변함없이 칙칙하고 삭막한 거리이지만, 저 위에서는 벽돌로 된 박공의 색깔이 얼마나 다양한지 확인할 수 있다. 페인트 견본에서 볼 수 있는 색조만큼이나 다양한 벽돌 색들이 있다. 시네바 레드, 카디널 레드, 꼭두서니 레드, 화성 레드, 비스마르크 레드, 잉글리시 레드, 튀르키예 레드, 나는 이 모든 레드에다 공식적인 색견본에는 없지만 파리의 지붕 위에서 본 레드를 추가한다. 나는 그것에 '파리 레드'라는 이름을 붙인다. 파리 역사의 피 흘리는 일화들로부터 추출해낸 듯 어둡고 강렬하고 깊은 붉은색이다. 프랑스대혁명부터 파리코뮌 '혁명군의 벽'*¹을 지나 20세기를 뒤흔

든 폭동에 가까운 시위에 이르기까지. 크리스 마르케의 영화로 신좌파와 저항운동의 출현을 추적하는 강렬한 다큐멘터리 〈대기는 붉은색이다〉가 생각난다. 정치적 봉기가 갖는 전기적 충격에 어울리는, 얼마나 시적인 제목인가.

나는 사무실 창을 통해 잔디밭 위로 떨어지는 가랑비를 바라본다. 간밤 야영의 기억이 나에게 기운을 북돋워준다. 모닥불의 온기가 사무실 안의 온기와 뒤섞인다. 나는 라디에이터 위에 두 발을 올려놓고 파노라마처럼 펼쳐진 고요한 출판사 뜰을 마주한 채 원고를 읽는다. 뒤표지의 원고 내용을 확인해야 해 표지 시안이 도착하기를 기다리고 있다. 뒤표지의 내용을 쓰는 것은 까다로운 작업이다. 내용을 너무 많이 드러내지 않으면서도 책에 드리워진 베일을 들어올려야 하고, 의도를 드러내지 않으면서 이야기 속으로 들어가고 싶은 마음을 불러일으켜야 하는 동시에 미학적인 쟁점을 전달해야 한다. 휴대폰 화면에 낯선 번호가 뜬다. 보통 나는 모르는 번호로 오는 전화를 받지 않지만, 막신이 회사의 유선 전화로 거는 것일 수도 있다. 듣자마자 경찰관이라는 것을 알 수 있는 남자의 목소리가 들려온다. 이곳에서 채 300미터도 떨어지지 않은 페로네가의 파출소에서 온 전화다. 그는 내가 오늘 오후 늦게 특정 경찰 공무원, 그러니까 어

★1 파리코뮌의 혁명적 정신을 가리기 위해 세운 페르 라 셰즈 묘지 남동쪽의 벽. 1871년 정부군은 마지막까지 저항하는 혁명군을 이 묘지 근처에서 집단 처형했다.

떤 '경위'를 만나야 하는 일로 소환되었음을 알린다. '신분증을 소지해야 하고' 휴대폰도 가져가야 한다. 휴대폰을 왜 가져가야 하는 걸까? 나는 도무지 이해할 수 없다. 협회 대표인 알랭 웨강은 유능했다. 24시간도 안 되어서 나를 잡을 사냥개를 풀어놓은 것이다.

페로네가의 파출소는 아름다운 석조 건물의 허름한 두 개 층을 사무실로 쓰고 있다. 파리의 이 구역에서 노후한 장비에 둘러싸여 있으니 경찰조차 수상쩍어 보인다. 기다리는 동안 나는 만화 캐릭터가 가정 폭력이나 디지털 사기, 학교 폭력으로부터 스스로를 보호하는 법을 시민들에게 알려주는 그림이 그려진 벽보를 물끄러미 바라본다. 이 보잘것없는 벽보가 그런 문제들에 맞서 무엇을 할 수 있을까? 물뿌리개로 산불을 끄려고 하는 소방관 같지 않은가. 쉰 살쯤 되어 보이는 남자가 나를 데리러 온다. 중간 키에 머리는 짧고 코뼈가 부러졌었던 것 같다. 그는 나를 창문에 쇠창살이 쳐진 방으로 데려간다. 그리고 낡은 컴퓨터가 놓인 책상 앞에 나를 앉힌다.

"귀하는 드라공가 20번지 입주민들과 소유주협회의 신고로 인해 소환된 겁니다. 휴대폰 번호가 06×××××06 맞습니까?"

"네."

"이 번호는 10월 14일 밤 귀하가 건물의 파사드를 기어올라갔을 때 BAC[2] 소속 내 동료들이 알아온 겁니다. 신분증 있습니까?"

---

[2] 범죄방지기동대La Brigarde Anti-Crimimalité. 치안 유지와 범죄 예방에 중점을 두고 활동하는 프랑스 경찰의 특수부대.

내가 신분증을 내밀자 그는 복사를 하러 복도로 나간다. 방으로 돌아온 그는 어떤 내용이 쓰여 있는지 나는 읽을 수 없는 또다른 서류에 복사지를 클립으로 끼운다. 그런 다음 다시 자리에 앉아 불룩 나온 배 위로 팔짱을 낀다. 무슨 자백이라도 기다리는 것처럼 말없이 나를 관찰한다.

"제가 변호사를 불러야 하나요?" 내가 묻는다.
"그렇게까지 할 필요는 없습니다, 선생. 정말 그럴 필요는 없어요."

그가 튕겨오르듯 일어난다. 덩치에 비해 움직임이 날래다. 럭비 팀에서 흔히 볼 수 있는 유형의 건장한 사내다. 옆벽에는 파리 7구, 6구, 5구가 표시된 대형 컬러 지도가 걸려 있다. 그는 검지로 거리 하나를 가리킨다.

"여기는 페로네가예요. 선생의 집은 여기고 사무실은 여기예요. 복잡할 게 없어요, 선생과 나 사이의 거리는 우리 할머니와 '다마르'★3 상점 사이의 거리와 다를 게 없죠."
"건물을 기어올랐다는 이유로 이러시는 겁니까?"
"그게 주된 이유는 아닙니다. 혹시 이 책이 뭔지 아십니까?" 그는

★3 프랑스의 의류 전문 회사. 보온 내복을 판다.

책상 위에 놓인 두꺼운 빨간책을 펼치며 묻는다.

"압니다."

"법 조항을 읽어드리죠. 형법 322조 5항. '법률로 정해진 안전 및 주의 의무를 소홀히 해서 일어난 화재의 결과 타인의 재산을 의도하지 않은 채 파괴하거나 파손시킨 경우 1년의 징역이나 1만 5,000유로의 벌금형에 처한다.' 이런 걸 경범죄라고 합니다."

"화재 같은 건 없었는데요."

"운 좋게 이번엔 없었죠. 지금까지는 아무도 고소하지 않았습니다. 하지만 내가 이 전화기만 들면 상황이 달라질 수 있어요."

나는 나를 줄곧 쏘아보는 그의 시선을 외면한다. 나와 뱅상의 신원을 아무도 공식적으로 확인해주지 않았다고 해도 이웃들의 증언을 꿰맞추어 우리를 꼼짝 못하게 하는 건 사실 쉬운 일이다. 우리가 충분히 주의를 기울였다고, 대기 중 습도가 높아서 압력솥 밖으로 불이 번질 염려는 없었다고, 형법에 기재된 경범죄를 운운하기에는 우리의 의도가 너무 순수했다는 걸 이 사내에게 어떻게 설명한단 말인가? 그는 한숨을 내쉬더니 수화기를 집어 들고 말한다. "이리 내려올 수 있어, 장루이?" 나는 심장이 두근거린다. 이 압력솥 사건이 과도하게 커질까봐 두렵다. 공권력의 손아귀에 사로잡히면 개인은 어떻게 될지 장담할 수 없다. 그 역학 관계는 언제나 개인에게 불리하게 작용한다고 변호사인 친구가 말해준 적이 있다. 내 뒤에서 누군가 방으로 들어오는 소리가 들린다. 내 심장박동은 더욱더 빨라진다. 나는 방에 들어온 사람이 내 전화번호를 적어갔던 몸집 큰 경찰이라는 걸 알아본다. 그의 시선에는 그가 우리 건물에 출동했던 그날 밤 드러냈던 똑같은 적대감이 담겨 있다.

"문제의 그 사람입니다." 그가 간단하게 말한다.

"자네가 맡겠나?"

"시간이 없습니다. 15분 후에 비행기를 타야 해서요."

"오늘은 이쯤 해두죠. 하지만 나한테 선생의 파일이 있다는 걸 잊지 말아요."

"끝난 겁니까?"

"지금으로서는 그렇습니다. 그럼 이만."

경위가 나에게 신분증을 돌려준다. 나는 노골적으로 내 앞길을 막고 있는 거구의 경찰을 피해 방을 빙 돌아 나와야 했다. 일단 밖으로 나오자 구금되었다가 풀려난 것 같은 기분이 든다. 신선한 공기에서 달콤한 자유의 맛이 느껴진다.

이튿날 막신에게서 전화가 걸려온다. 나는 그날 밤 베르시에서 열리는 그룹 앵도쉰[4]의 콘서트 티켓 두 장을 사두었다. 물론 그녀 말로는 내 선택이 진부하기 짝이 없다고 했지만, 나는 그녀가 이런 즉흥적인 파티에 즐거워한다는 걸 안다. 그녀는 무대와 가수들 바로

---

[4] 1981년에 결성된 뉴웨이브 성향의 프랑스 팝 그룹. 그룹 이름인 'Indochine'은 인도차이나를 뜻하며, 동양과 서양이 교차하는 이국적인 이미지를 전달하기 위해 선택했다고 한다.

앞에서 춤을 추려고 내 손을 끌고 나간다. 우리는 그 그룹이 15분짜리 긴 버전으로 연주하는 노래 〈일주일에 세 밤Trois nuits par semaine〉의 마법 같은 데시벨에 취해 고함을 지르고 펄쩍펄쩍 뛴다. 땀에 젖고 음악의 황홀경에 빠진 그녀의 키스에서는 동물적인 맛이 난다. 그녀가 돌아와주지 않았다면 나는 무척 불행했을 것이다.

공연장에서 나온 우리는 저녁을 먹기 위해 식당을 찾아보지만, 밤이 되자 파리의 이 지역은 어이없을 정도로 텅 비어버린다. 여기에 있는 것이라고는 현대적인 사무실, 리옹역 그리고 경제재정부의 거대한 벙커들뿐이다. 센강 반대편이라고 해서 더 나을 것도 없다. 100미터 높이의 유리 기둥 네 개로 표현된 국립도서관, 곧 '그랑드 비블리오테크'라는 괴상한 건물이 보이는데, 이것이 펼쳐진 책을 표상한다고 하지만 종이책이라기보다는 거대한 아이패드를 닮아 있다. 파리의 동쪽은 마치 공권력이 고약한 취향의 분노를 그곳에 터뜨려놓기라도 한 것처럼, 중대한 건축적 재앙의 무대가 되어버렸다. 혹시 파리 서쪽의 괴물 같은 마천루에 응답하기 위해서 그런 걸까? 베르시의 라데팡스에 맞서 어떤 모호한 전투가 벌어지고 있는지 누가 알겠는가? 추한 외관 외에 이 두 지역의 공통점은 지붕들의 형태에 통일성이 없다는 것이다. 어떤 조화도 찾아볼 수 없는 비스듬히 잘린 비대칭의 뾰족한 꼭대기들이 도시의 난장판 한가운데에 솟아 있을 뿐이다.

7

일이 급박하게 돌아가고 있는데, 우리는 그 이유를 모른다. 철학
자 하르트무트 로자가 말하는 구조적 현상의 방식이라기보다는 갑
작스러운 가속에 의해 매일, 매주 시간의 바퀴가 점점 더 미친 듯이
돌아갈 뿐이다. 그 가속이 시간을 예측할 수 없는 일련의 상황 속으
로 떠밀고, 결국 그런 상황이 우리의 일상 위로 우박처럼 쏟아지는
것이다.

11월에 이어 12월이 온다. 모든 형태의 따스함이 깡그리 사라지
고 추위가 자리 잡는다. 막신의 집에서 자는 일이 점점 잦아져 나는
거기에 옷가지를 가져다두었다. 그녀와 나는 커플로서의 삶에 신중
하게 접근하기로 했지만, 그녀의 집에서 자고 일어났을 때 깨끗한
양말과 티셔츠가 있는 것을 보면 행복하다. 다시 커플의 삶을 산다
고 생각할 때 내게 엄습하는 두려움이 순화되고 있다는 느낌이 든

다. 이제 그녀의 집 욕실에는 내 칫솔과 면도기와 면도 크림이 그녀의 칫솔 옆에 놓여 있다.

오늘 아침 나는 그녀의 집에서 잠을 깬다. 일요일이라 이 동네에서 그렇게 자주 들리던 클랙슨 소리와 엔진 음이 들리지 않는다. 아침 7시 나는 발코니에 있다. 세 개 층 아래 레이몽로스랑가에는 인적이 없다. 창문 너머로 막신이 소파에 놓아둔 프랑시스 퐁주의 시집이 보인다. 《사물의 편에 서다》는 그녀가 늘 읽고 또 읽는 시집으로 그녀는 그 시들을 거의 외운다. 나는 그녀의 시 낭송을 듣는 게 좋다. 요즘은 찾아보기 드문, 시에 대한 그녀의 사랑은 감동적이다.

나는 일요일 아침의 정적을 즐긴다. 눈앞의 삶이 좀더 부드러워진다. 나는 청바지와 스웨터를 입고 따뜻한 파카를 걸친다. 길을 따라 걸어, 실내 벽에 큰 화면을 달아놓은 조악하고 현대적인 대형 카페에 이른다. 카페 건물이 페르네티 지하철역 근처에 있어서인지 실용적인 정신의 소유자인 주인은 바 이름을 '오 메트로'라고 붙였다. 실용적인 정신에는 쓸 만한 점이 있다. 바 카운터 위에는 각종 신문과 잡지가 놓여 있다. 1980년대 프랑스 히트곡들을 들려주는 샹트 프랑스 라디오 방송이 흘러나온다. 텔레비전에서는 RMC[1] 채널의 스포츠 뉴스가 묵음 상태로 방송된다. 나는 〈르 파리지앵 디망슈〉를 집어 들고 태풍으로 폐허가 된 필리핀의 사진을 본다. 마치 어떤 거

---

[1] Radio Monte Carlo. 다양한 장르를 아우르는 프랑스의 라디오 방송으로 텔레비전 채널도 보유하고 있다.

인이 군도 위에 두 발로 서서 마을에 발길질을 하기라도 한 것처럼 집들의 잔해가 열대 녹음 한가운데 흩뿌려져 있다.

막신에게서 메시지가 온다. 당신 어디야? 나는 간략하게 답한다. 가는 중. 8시 30분이다. 상점들이 문을 열었고 첫 손님들이 문을 열고 들어간다. 영하의 공기에도 불구하고 구운 치킨 냄새가 풍긴다. 닭이 익어가면서 바닥에 떨어져 고인 육즙으로 감자가 천천히 조리되는 기계가 정육점 앞 인도에 나와 있다. 나는 빵집에 들러 막신이 좋아하는 크루아상을 산다. 신문과 잡지도 산다. 그녀의 집이 있는 건물 앞에 이르렀을 때 한 가지 생각이 떠오른다. 나는 휴대폰을 꺼내 근처의 꽃집을 검색한다. 그리고 걸음을 돌려 '미장플로르'라는 꽃집을 찾아간다. 달콤한 꽃향기에 섞인 잘린 식물의 신선한 냄새가, 하루 종일 있으면 견디기 힘들 것이 분명한 높은 습도에도 불구하고 가게 안에 기분좋은 분위기를 만들어준다. 나는 막신이 좋아하는 색깔을 골고루 섞기 위해 신경 써서 꽃을 고른다. 그녀가 옷 입는 방식, 실내를 꾸민 색조를 떠올린다. 흰색, 연보라색, 베이지색이 주조를 이루는 꽃다발이 완성된다.

겨울 햇빛이 거실 통창을 통해 들어온다. 막신은 울 담요를 두르고 소파에 앉아 프랑시스 퐁주의 시집을 들고 있다. 나는 꽃다발을 등 뒤에 숨기고 패스트리 봉투를 흔든다.

"오! 친절도 해라. 신문 사올 생각까지 했네."

"친구들을 보러 메트로 바에 가지 않을 수 없었어."

"근데 거기 서서 뭐 해?"

"몸을 녹이고 있어."

"모포 속으로 들어와 앉아. 크루아상 먹자. 그런데 태도가 좀 이상한걸……"

"당신을 보고 있어."

"허튼소리 그만하고 가서 커피나 만들어줘."

"허튼소리 아냐."

"허튼소리 아니라니, 오늘 아침 당신 이상해, 뤼도빅."

나는 꽃다발을 꺼내 막신의 무릎에 올려놓는다. 그녀는 멜로와 플록스의 섬세한 꽃잎에 코가 닿을 정도로 잠시 고개를 숙인다. 고개를 든 그녀의 얼굴이 내가 평소에 알고 있던 것과는 다른 종류의 미소로 환해져 있다. 나는 거기서 찌릿하는 놀라움이 깃든 긴장감을 읽는다. 그녀의 두 눈에서 뭔가 반짝이는 것을 알아차리고 몸을 기울여 그녀에게 키스한다.

"마음에 들어? 당신이 진부하다고 생각할까봐 걱정했어."

"정말 예뻐. 어째서 당신은 이렇게 사려 깊으면서도 어떨 때는 그토록 무심한 거지?"

"당신이 말했잖아, 나 이상하다고. 미안해."

8

전쟁이 끝난 후, 1940년대에 젊은 예술가들은 이미 생제르맹데
프레 구역이 밤이 되면 인적이 드물어진다고 한탄하곤 했다. 그들
이 밤새도록 출입할 수 있는 바가 전혀 없었다. 새벽까지 즐겁게 놀
고 싶다는 이런 욕망에 부응하기 위해 1947년 '르타부' 바가 문을
연다. 그 바를 드나드는 사람들은 우선 밤에 일하는 사람들, 노동자,
인부들이다. 그 바를 발견한 프레베르, 쥘리에트 그레코 그리고 다
른 스타들과 보헤미안들은 그곳의 단골이 된다. 그들은 '바 베르'에
서 나와 르타부로 들어가 마시고 노래하고 춤추며 밤을 보낸다. 몇
달 후 르타부의 주인들은 지하실을 연주회장으로 개조하는 데 동의
한다. 지하실 벽에는 이전에 있었던 스트립클럽의 아프리카 풍 장식
의 흔적이 남아 있었다. 매일 저녁 재즈 오케스트라가 음악을 연주
하고, 젊은이들은 그 지하실의 둥근 천장 아래서 어깨를 부딪히며

춤을 춘다.

오늘날에도 자정이 지나면 그 문제가 다시 수면 위로 떠오른다. 이 역사적인 구역에 문을 연 곳이 하나도 없다. 드라공가의 모든 식당들은 가게 앞 커튼을 내린다. 생제르맹 성당 사거리에 있는 되 마고 카페, 플로르 카페, 리프 식당은 새벽 1시경 문을 닫는다. 계속 즐기고 싶다면 귀가 먹먹한 음악 클럽이나 터무니없는 가격의 나이트 클럽에 가야 한다.

그날 밤, 막신은 자고 갈 생각으로 우리 집에 오면서 커다란 스시 도시락을 사왔다. 내가 불을 피워둔 벽난로 앞에 앉아 우리는 스시를 맛있게 먹는다.

"참 아늑하다." 그녀가 말한다.

"주유소에서 장작을 사왔어. 근데 파리에서는 벽난로에 불을 피우는 것이 금지되어 있는 모양이야."

"파리에서는 툭하면 다 금지야. 마치 싱가포르 같아. 담배꽁초를 길에 버리면 감옥에 간다잖아."

나는 휴대폰 메일함에서 막 도착한 뱅상의 이메일을 확인한다. "친애하는 뤼도빅, 지금 '집에' 있어? 볼 수 있을까? 아님 확실치 않아? V." 나는 막신과 함께 있음을 알리고 볼 수 있다고 답장한다. 5분 후 그가 주방 창문을 두드린다.

"무슨 소리지?" 막신이 불안해하며 묻는다.

"별거 아냐. 뱅상이 지붕을 통해 온 거야."

"지붕을 통해서?"

"응, 그는 암벽타기를 좋아해서 그러고 다녀."

"당신이 오라고 했어?"

"내가 오라 마라 할 필요가 없어. 그는 자기가 원할 때 아무 때나 오거든. 그와 나의 집은 산에 있는 대피소와 비슷해."

"그럼 내가 하이디?"

"그만해, 막신. 그는 그저 안부 전하러 들른 거야."

내가 일어나자 그녀가 나를 따라 주방으로 온다. 뱅상의 머리가 주방의 작은 창문에 거의 끼어 있다. 내가 창문을 활짝 열자 그는 한 발을 들이민 다음 고양이처럼 날렵하게 안으로 들어와 바닥을 딛고 선다. 그는 모자를 제대로 쓰고 재킷 단추를 잠그고 몸을 기울여 막신의 손에 입을 맞춘다. 등산가답게 손가락이 두툼한 그의 손에 으깨진 제비꽃 한 다발이 들려 있다.

"정말 몸 둘 바를 모르겠군. 불 앞에서 낭만적인 저녁을 보내고 있는 두 사람을 방해한 게 아니면 좋겠는데."

"자, 이리 와." 내가 뱅상에게 말한다.

"떨어질까봐 무섭지 않으세요?" 뜻밖의 등장에 놀란 막신이 묻는다.

"전 드물게만 떨어지고 아주 자주 다시 일어난답니다."

"그 짓이겨진 꽃은 뭐야?"

"아, 이거? 마리안의 폭력에 이렇게 됐지. 우리가 좀 다퉜거든. 그

180

랬더니 그녀가 이 가엾은 제비꽃들에게 화풀이를 했어. 오늘 밤 내가 그녀에게 갖다준 건데."

"너, 저녁 먹었어?"

"너무 거할 정도로. 마리안이 쐐기풀 샐러드와 아티초크 수프를 만들었거든."

"좋아, 알 만하군. 앉아. 치즈 오믈렛 만들어줄게."

결국 뱅상은 거실에 앉아 우리와 함께 이야기를 나눈다. 막신이 그에게 히말라야 원정에 대해 이야기해달라고 조른다. 여행자들의 이야기에 상상력이 발동한 그녀는 그 지역에 가보기를 꿈꾼다. 그 멋진 곳에서 사는 사람들의 영성이 그녀를 매혹한다. 뱅상은 그가 어떻게 걸어서 산을 횡단했는지, 거대한 개들이 그를 집어삼킬 듯 으르렁거리는 가운데 어떻게 목동들과 믿기 어려운 만남이 이루어졌는지 들려준다.

새벽 1시다. 나무 타는 냄새와 벽난로의 잉걸불이 방 안에 기분 좋은 열기를 퍼뜨린다. 나는 담요를 꺼내와 침대 겸용 소파에서 잠든 막신에게 덮어준다.

"이렇게 일찍 자려는 건 아니지?!" 뱅상이 나에게 비난하듯 한마디한다.

"마리안이 널 기다리고 있는 거 아냐?"

"아니, 그녀는 외출했어. 오늘 밤 내가 집에 들어가든 들어가지 않든 신경 쓰지 않을 거야."

"문밖으로 쫓겨난 거야?"

"정확하게 말하면 창문 밖으로지."

"밤이 얼마나 젊고 아름다운지 좀 봐." 그가 창문을 열면서 말한다. 저 아래 거리에는 모든 것이 고요하다. 나는 젊은 예술가들이 새벽까지 파티를 계속할 수 있는 장소를 찾는 것을 이해할 수 있다. 다행히 지붕 위가 있다. 오라! 우리가 시를 읽을 것이다.

나는 등산용 아노락을 걸치고 고어텍스 운동화를 신은 다음 헤드랜턴을 착용한다. 뱅상은 내가 이번에 이사하면서 골라온 책들이 정리되어 있는 서가를 주의 깊게 살핀다. 주로 좁은 아파트를 복잡하게 만들지 않으려고 시골집에 갖다두기 전에 읽으려고 했던 최근 소설들, 에세이 몇 권, 플레이아드판 시집들이다. 뱅상은 플레이아드판 랭보의 시전집을 뽑아 내게 내민다.

"오늘 밤에 걸맞은 가치를 지닌 걸로 하자. 너 라이터 있어?"

"응, 근데 우리 어디로 가?"

"여기서 별로 안 멀어."

우리는 발코니로 나간다. 나는 찬바람이 들이쳐 막신을 깨우지 않도록 창문을 꼭 닫는다. 벽난로의 불그스름한 불꽃이 희미하게 얼굴을 비추는 가운데 막신은 평화롭게 잠들어 있다. 상쾌한 공기가 나를 사로잡고 지붕에 올라 도시를 탐험하고 싶은 욕구를 불러일으킨다. 난간을 뛰어넘은 뱅상이 나에게 따라오라고 손짓한다. 우리는 이내 우리 건물의 지붕 위로 올라간다. 그 높이에 이르자 또다른 도시가 신비를 펼쳐 보인다. 언덕들이, 거리의 불빛으로 두드러진 그림자 덩어리들이 사방으로 펼쳐지는 것이 보인다. 빛의 강에 백열하는 용암이 넘쳐흐르는, 밤에 촬영한 화산 같은 환상적인 이미지들이 내 눈앞에 있다.

"이쪽이 몽파르나스에 더 가까워."
"자일이 있어야 하지 않을까?"
"꼭 그럴 필요는 없어. 지금 있는 걸로 충분해."

실제로 우리가 지붕에서 지붕으로 옮겨 다닐 수 있는 것은 전문가들이 구조물들을 관리하기 위해 사용하는 사다리와 금속 들보 덕이다. 하늘에 길이 있는 것처럼 각 건물에는 이웃 건물로 이동할 수 있는 사용 가능한 연결 통로가 있다. 배기 덕트로 이루어진 일종의 탑 아래에 이른 우리는 드라공가와 그르넬가의 교차로를 내려다보기 위해 몸을 튼다. 몽파르나스 타워가 훨씬 가까워진 듯하고, 어두워진 배경에 맞춰 건물 색이 달라지는 것 같다. 깜박거리는 푸른색과 붉은색 불빛들이 최대속력으로 건물 꼭대기로 올라가는 오벨리스크라고 할까. 파노라마처럼 우아하게 펼쳐진 오스만 시대풍의 건물들을 배경으로 깜빡거리는 이 모던한 빌딩에는 뭔가 당돌한 면이 있다.

"이 타워가 가장 덜 흉해 보이는 건 하루 중 이때야. 지금 저 건물은 놀이공원의 탈것처럼 보이는군."

"도대체 무슨 생각으로 몽파르나스 구역 한가운데에 이 지나친 건물을 건설했는지 모르겠어."

"저기 보이는 캉파뉴프르미에르가의 작은 방에서 랭보가 몇 개월을 살았을걸."

우리는 바람을 피해 앉는다. 나는 샴페인의 뚜껑을 열어 병을 뱅상에게 넘긴다. 밤에 높은 곳에 올라와 있을 때 나는 믿을 수 없을 정도로 커다란 해방감을 느낀다. 낮 동안의 관례적인 일상에서 내가 접근할 수 없는 곳을 정복한 느낌이 든다. 뱅상은 그의 헤드랜턴에 불을 켜고, 섬세한 박엽지를 한 장 한 장 넘기며 랭보의 작품을 눈으로 읽는다. 그는 〈취한 배〉부터 낭송하기 시작한다. 조용한 가운데 시구가 울려퍼진다. 머릿속 이미지들이 빛의 유희를 낳고, 소리로 듣는 랭보의 시가 도시의 심장이 제 속도와 리듬과 존재 이유를 찾을 수 있는 박동을 만들어낸다. 이 순간 랭보의 시는 의미의 기초가 된다. 그 위에서 모든 것이 조화를 이룬다. 그것이 우리가 새벽 2시에 책과 샴페인을 들고 여기에 있을 권리를 부여한다. 우리의 행위는 태평한 도시인들의 고요한 잠보다 더 본질적인 의미를 내포한다. 침묵이 제자리를 잡는다. 이윽고 나는 뱅상에게 책과 랜턴을 넘겨달라고 청한다.

"그의 편지 중 한 구절을 네게 읽어주고 싶어서 그래."

"그의 시를 읽을 때마다 왜 그렇게 많은 작가들이 그에 대해 글을 썼는지 점점 더 잘 이해되는 것 같아."

"누구를 염두에 두고 하는 말이야?"

"브르통은 물론이고 쥘리앵 그라크, 헨리 밀러와 피에르 미숑도 있지."

"이 책은 꼭 거쳐야 할 통로 같아."

"어떤 점에서는 그렇지. 긍정적으로 보자면 탐험할 영역이고."

"아 여기 있다. 문제의 편지를 찾았어."

다리를 다치고 돈도 다 떨어진 아르튀르 랭보는 어쩔 수 없이 에리트레아[*1]에 3개월을 머문다. 돈 나올 데가 전혀 없던 그는 해변에서 수평선을 바라보며 매일을 보낸다. 아무 일도 일어나지 않고, 그어떤 배도 지나가지 않는다. 이 편지에서 시인은 그늘에서도 45도가 넘는 열대의 더위를 묘사한다. 그는 완전히 고립되어 있고, 아는 사람이 전혀 없다. 살아오는 동안 자신이 내린 선택에 대한 회의가 매 순간 그를 엄습한다. 그는 아비시니아[*2]의 왕과 맺은 상업적 거래에 대해 그런 만큼 자신이 쓴 시에 대해서도 확신을 가지지 못한다. 그는 그를 구해줄 유일한 수단, 곧 어머니와 누이 이자벨에게 재

[*1] 동쪽으로 홍해, 서쪽으로 수단, 남쪽으로 에티오피아, 남동쪽으로 지부티와 접해 있는 북아프리카의 국가.
[*2] 에티오피아를 말한다.

정적 도움을 받을 수 있기를 기다리지만 지원은 하염없이 지체된다. 그는 '지옥에서 보낸 한 철'[*3]을 예언했고, 1870년 여름 그것을 실제로 경험하는 중이다. 그는 지옥의 계절을 눈앞에서 본다. 이 가슴 찢어지는 구절을 읽으며 사람들은 자문한다. 시인은 자신이 스스로의 예언을 살고 있었다는 걸 명확히 의식하고 있었을까?

　우리가 무엇에 떠밀려 아래로 내려왔는지는 알 수 없다. 아마도 매일 밤이 약속으로 가득한 새벽으로 끝난다는 것을 막연히 의식해서 그런 게 아니었을까? 기운이 떨어진 우리는 함석판을 따라 걷다가 미끄러져 바지를 더럽힌다. 검댕투성이가 된 두 손으로 우둘투둘하게 팬 녹슨 철근을 움켜쥔다. 땅바닥에서와 달리 지붕 위 영역에서는 아무것도 자라지 않는다. 어떤 초목도, 어떤 꽃도 없이 몇몇 잡초들만이 시멘트 틈새에서 고개를 내밀 뿐이다. 나는 벌어진 구멍 같은 안뜰과 도로가 그리는 양쪽의 마법 같은 선들을 바라본다. 우리는 국경의 가장자리에 있는데, 어느 나라의 국경인가? 어떤 민족의 국경인가?

　"나 집에 간다. 행운을 빌어, 친구." 뱅상이 말한다.

　"괜찮겠어?"

　"내 기상시간은 6시 30분이야. 지금은 자러 가기에 이상적인 때

★3 랭보는 1873년 시집 《지옥에서 보낸 한 철》을 펴냈다.

지."

"겨우 세 시간 남았잖아……."

우리 집 거실 창문이 잠겨 있다. 유리창 너머로 침대 겸용 소파 위
에서 자고 있는 막신이 보인다. 나는 감히 창문을 두드려 그녀를 깨
울 생각은 하지 못한다. 대신 주방으로 통하는 통로를 기억해낸다.
작은 주방 창이 열려 있다. 나는 아까 뱅상이 했던 것처럼 그곳을 통
해 집 안으로 기어들어간다. 실내에서 얼마 전에 피운 듯 아직 가시
지 않은 담배 냄새가 난다. 재털이에는 힘주어 눌러 끈 꽁초 몇 개가
들어 있다. 나는 천천히 옷을 벗는다. 옷이 바닥에 떨어지고 나는 그
대로 내버려둔다. 개수대로 가서 싱크대 위에 고개를 기울인 채 수
도꼭지에 입을 대고 물을 마신다. 물이 목을 타고 발치까지 흘러내
린다. 나는 거실로 돌아온다. 막신이 움직이면서 시트 스치는 소리
가 난다. 나는 갑자기 저항할 수 없는 피로에 점령당한다. 마지막 힘
을 다해 이불 속으로 들어간다.

"새벽 4시 반이야, 뤼도빅." 막신이 중얼거린다.

뭐가 되었든 간에 어떤 대답도 할 수 없는 상태인 나는 즉각 잠 속
으로 빠져들어간다. 막신이 몇 분 동안 무어라 말을 계속한 것 같지
만, 내 몸은 침대 속에 널브러졌고 내 정신은 이미 다른 곳에 가 있
다. 나는 완전한 잠으로, 가차없는 방치, 근사한 꿈의 서곡인 그런

잠으로 빠져든다.

막신이 마루판 위를 삐걱거리며 걷는 소리에 잠이 깬 나는 방금 잠들었다가 깬 것 같은 느낌이 든다. 그녀가 커피가 든 머그를 들고 침대 앞에 와서 선다.

"당신이 하도 코를 골아서 난 그 후로 한잠도 못 잤어. 근데 당신 괜찮아?"

"지금 몇 시지?"

"9시."

"젠장!" 나는 소리치며 이불을 박차고 나온다.

막신이 쿡쿡 웃는다. 주방에서 벗은 줄 알았는데 내 옷가지가 거실 바닥에 널브러져 있다. 나는 휴대폰을 꺼낸다. 7시다.

"깜짝 놀랐잖아, 막신!"

"당신 때문에 짜증났어. 저 위에서 도대체 뭘 한 거야?"

"우리는 시를 암송했어."

"말이면 다 하는 거야. 당신들 그 시를 거실에서 낭송할 순 없어?"

"안 돼. 충분치가 않아……."

"뭐가 안 충분한데?"

"저 위에는 뭐랄까, 자유로운 무엇인가가, 손상되지 않은 그 무엇이 있어."

"손상된 건 당신들인 것 같은데."

9

그다음 날 저녁 막신은 정말 화가 난 모양이다. 예정에 없이 한밤 중에 나가는 일이 너무 잦고, 그런 등반으로 옷이 찢긴 채 새벽에 들어와 아무 해명도 하지 않는 경우가 너무 많은 탓이다. 나와 함께한 정신없는 몇 달 동안 그녀는 제자리를 찾지 못했다고 느낀 듯하다. 그녀의 온갖 노력에도 뭔가가 궤도를 벗어나고 말았다. 나는 내 행동을 해명하려 하지만 속절없이 완강한 저항에 부딪치고 만다. 나는 우리가 마지막으로 만났던 그 저녁을 종종 떠올리곤 한다. 그날 우리는 드라공가 우리 집 건물 앞에서 마주쳤다. 나는 벨벳 재킷 위에 암벽등반용 자일을 둘러메고 있었고, 화가 나서 이성을 잃은 그녀는 담배 연기에 휩싸인 채 하이힐 신은 발로 아스팔트를 두드려댔다. 분노에 찬 그녀의 모습이 눈부셨다. 그녀와 강변을 함께 산책하며 기분 좋은 저녁을 보낸 후 또다시 즉흥적으로 지붕 탐사에 나서는 것을 정당화할 만한 이유를 댈 수 없었던 나는 그녀를 진정시키는 것이 역부족이라는 것을 깨닫고 침묵을 지켰다. 저 위에는 내 행복의 양도할 수 없는 일부가 있다. 그 이상 내가 무슨 말을 할 수 있을까? 내가 안정된 연애 관계의 달콤함과 높은 곳에 대한 광적인 설렘 둘 다를 원한다고? 그녀는 선택하라고 했을 것이고 훈계했을 것이다. 물론 그녀의 말이 옳다. 하지만 그 순간 나는 결정을 내릴 수 없었다.

지붕 위 원정의 가장 좋은 순간들 중에는 몸이 무거운 길에서 빠져나오고 정신은 일상생활의 촉수로부터 자유로워지는 처음 몇 미터의 순간이 있다. 나는 매번 똑같은 흥분을 느끼고, 그 감정은 매번 첫 모험 때 느꼈던 흥분만큼이나 강렬하다. 높은 곳을 오르는 일은 중독이라기보다는 우선순위의 순서를 새로 세우는 거듭되는 도취, 반복되는 전율이다. 스스로에게 권한을 주고, 스스로를 일으켜세우고, 스스로를 진정시킨다.

막신은 우리 집으로 올라갔고, 나는 뱅상이 오기를 기다렸다. 건물 앞에서 올려다보니 창문으로 거실에 불이 켜지고 이어 침실에 불이 켜지는 것이 보였다. 그녀의 실루엣이 이 방에서 저 방으로 움직이고 있었다. 그녀는 분노와 그 이상의 실망에 휩싸여 잰걸음으로 집 안을 걸어다니며 조심스럽게 정리해두었던 물건들을 모조리 가방에 거칠게 쑤셔넣는 모양이었다. 나는 특유의 적확한 어휘와 거친 단어를 뒤섞은 매혹적인 말투로 나를 대상으로 혼자 고함을 지르고 있을 그녀를 떠올렸다.

중죄재판소가 되어버린 저 위의 우리 집에서 벌어지는 요란한 언쟁에서 내 변론은 호소력이 없을 것이 분명했고, 길가에 홀로 서 있는 그 조용한 법정에서도 나는 잘해내지 못하고 있었다. 내게 남은 해결책은 분리였다. 지상의 문제들을 내버려두고 높은 곳에서 위로를 구해 더 강해져서 돌아와야 했다.

뱅상은 짙은 색 상의 위에 하네스를 착용하고 있다. 하네스의 트리거가드에 매달린 카라비너와 리버소*¹가 딸깍거리는 소리가 들린다.

"완벽해, 너한테 웨빙이 있군. 하네스는 있어?"

"배낭에."

"그럼 출발하자. 꼭대기로 올라가 생페르 호텔까지 가로지를 거야. 그런 다음 상황을 보자고. 나한테 재미난 아이디어가 있거든."

"뭔데?"

"이것 좀 봐." 그가 원색의 비닐봉지를 내 눈앞에 흔든다.

"그게 뭐야?"

"풍선이야."

★1 암벽등반 시에 쓰는 하강 장비. 상단 확보물과 연결해 하강을 돕는다.

우리는 불과 30분 만에 목적지에 도착한다. 희열에 사로잡힌 우리는 근육을 풀 겸, 유난히 매서운 12월의 밤 추위도 이길 겸 이 지점에서 저 지점으로 펄쩍 건너뛴다. 오늘 밤 커다란 달이 지붕 위로 떠올라 그 장엄한 선명함을 누릴 수 있다. 하늘이 얼마나 가까워 보이는지 사다리 하나만 있으면 올라갈 수 있을 것 같다. 뱅상이 코니스 가장자리에 멈춰서서 건물 아래쪽의 무엇인가에 관심이 쏠린듯 아래를 힐끔거린다.

"무슨 일이야?"

"아무것도 아냐. 고함소리를 들은 것 같아서 그랬어. 여기가 어딘지 알아?"

"생페르가."

"지금 우리가 있는 곳은 그라세 출판사 지붕 위야."

"아까 말한 재미난 아이디어가 이거야?"

"어떻게 생각해? 한 바퀴 돌아서 우리 친구 오스카의 사무실 안에 예쁜 원색 풍선 몇 개를 갖다놓자고."

거리에서 올라오는 날카로운 소리에 뱅상의 말이 중단된다. 새벽 1시, 누군가 큰 소리로 욕설을 퍼붓는다. 아래를 내려다보자 우리 맞은편 건물에서 어떤 뚱뚱한 사내가 포치 아래에서 쉬고 있는 여자를 겁박하고 있다. 여자는 담요와 비닐 깔개로 몸을 둘둘 감싸고 있다. 건물 관리인이 노숙하는 여자를 겁줘서 쫓아내려는 듯하다. 여자가 거기서 잘 수 있게 해달라고 애원하는데, 그 말에 자극받은 사내는 더욱더 고함을 지를 뿐이다.

"뭔가 조치를 취해야겠는걸." 뱅상이 심각하게 말한다.

그는 하강기를 이용해 땅으로 내려가기 위해 굴뚝에 자일을 감는다.

"내가 다시 올라가겠다고 신호를 보내면 붙잡고 올라갈 수 있도록 자일을 당겨줘." 그렇게 말하고 그는 허공 속으로 내려갔다.

잠시 후 땅에 발을 딛은 그는 웃옷 매무새를 정돈하며 길을 건넌다. 문제의 사내에게 다가가 스테슨 모자를 들어올리며 인사한다. 그러고는 상대를 설득하기 위해 낮은 목소리로 대화를 시도한다. 너무 멀어서 그의 얼굴 표정을 자세히 볼 순 없지만, 항의하는 소리를 듣건대 관리인은 뱅상의 출현에 어안이 벙벙한 모양이다. 하지만 놀람이 가라앉자 그는 다시 목소리를 높인다. 그가 내뱉는 욕설이 길에 다시 울려퍼진다. 나는 그 태도에 격분해 나도 내려가겠다고 건물 위에서 소리를 지르기 시작한다. 모두들 말을 멈춘다. 뱅상과 관리인 둘 다 나를 올려다본다. 사내는 쇼크 상태에 빠진 것 같다. 그는 조용히 포치 아래로 뒷걸음치더니 정문 안으로 모습을 감춘다. 뱅상은 여자가 괜찮은지 확인한 다음 다시 건물을 오르기 시작한다. 우리는 서둘러 그곳을 떠나야 한다, 관리인이 틀림없이 경찰에 알렸을 테니까.

볼테르 강변길에서부터 생페르가 쪽으로 전속력으로 달려오는 경찰차의 사이렌 소리가 들린다. 뱅상이 자일을 채 다 감기도 전에 푸조 한 대가 건물 앞에 와서 끼익 소리를 내며 멈춘다. 차에서 사복 경찰들이 내려 지붕을 향해 회중전등을 비추는 동안 관리인은 흥분해서 그들 주위를 맴돈다. 이제 종적을 감춰야 할 때다. 우리는 건물들 틈에 은밀하게 서 있을 수 있는 서쪽으로 걸음을 옮긴다.

10

이틀 후 내가 출근하기 위해 프레오클레르가를 걷고 있을 때 베레니스에게서 문자가 온다. 아이는 대부분의 또래 아이들과 달리 줄임말을 쓰지 않는 편이다. 열세 살인데도 맞춤법과 구두점을 지키려 애쓴다. "안녕, 아빠, 저 아빠한테 여쭤볼 게 있어요. 전화해주실래요?"

"무슨 일이니, 베레니스? 너 지금 학교에 있는 거 아니니?"

"15분 내로 학교에 가요. 혹시 수업 후에 절 데리러 와주실 수 있어요?"

"물론이지. 너 괜찮아?"

"네, 괜찮아요. 이따가 설명드릴게요."

"아 그래, 정말 괜찮은 거지?"

"네, 아빠. 걱정하지 마세요."

나는 오후에 잡혀 있던 약속을 내일 아침으로 미루고, 모노프리에서 사온 샐러드로 사무실에서 점심을 먹는다. 딸아이의 문자에 담긴 무엇인가가 내 신경을 건드린다. 마음을 불편하게 하는 위험신호가 시간이 갈수록 더 강해진다. 나는 약속 시간보다 일찍 아이가 다니는 중학교 교문에 도착한다. 몽주가는 조용하다. 한 무리의 학생들이 이동식 스피커를 둘러싸고 있다. 후드 달린 운동복을 입은 품새가 불량 청소년 같아 보이긴 해도 보통 아이들처럼 즐겁게 놀고 있다. 종소리가 울리자 학교 안에서 수십 명의 아이들이 쏟아져나온다. 그들의 웃음소리가 조용한 동네 골목을 유쾌하게 만든다. 나는 한 무리의 아이들 속에서 베레니스의 밝은색 다운재킷을 알아본다. 아이에게 스타벅스에 가서 코코아를 마시자고 제안한다. 아이는 차분한 태도로 내 앞에 앉아 테이블 위에 휴대폰을 내려놓는다. 그리고 맑고 푸른 눈으로 나를 응시한다.

"하고 싶었던 얘기가 뭐야?"

"아빠, 저는 같은 반 친구들과 스냅챗 단톡방을 해요. 근데 어떤 여자애가 저한테 비공개로 이상한 문자들을 보냈어요."

"문자가 어떻게 이상한데 그래?"

"사실 제가 어제 자라에서 새로 산 스웨터 사진을 한 장 올렸어요. 그런데 그 애도 같은 스웨터를 갖고 있어서인지 그걸 삐딱하게 받아들이고 저한테 아주 나쁜 문자들을 보냈더라고요."

"아빠한테 그 문자 보내줘볼래?"

"제 휴대폰 음성사서함에도 메시지들이 있어요."

"어서 아빠한테 전부 다 보내봐."

"지금 보내고 있어요." 아이가 휴대폰을 조작하면서 말한다.

"엄마도 아시니?"

"아뇨, 아직 모르세요. 아빠, 그렇게 흥분하는 걸 보면 그 애가 좀 정상이 아닌 것 같아요. 게다가 저와 같은 반도 아니에요."

문제의 여자애가 딸아이에게 보냈다는, 상스러운 단어로 가득한 문자 20여 개가 내 휴대폰 화면에 뜨기 시작한다. 사소한 스웨터 건으로 생긴 미움을 해소하는 것으로 보기에는 너무 심한 폭력적인 말들이다. 문자를 읽으면 읽을수록 나는 그 여자애가 보낸 살해 협박의 충격파에 휩쓸린다. 이어 음성 메시지들을 들어본다. 폭력성이 한 단계 더 올라간다. 마치 냉혹한 범죄자가 목소리로 자신을 드러내는 것 같다. 그 사악한 이미지들에 내 뇌가 찢어발겨지는 것 같아 차마 들을 수 없다. 나는 잠시 쉬면서 충격을 가라앉힌다. 처음으로 든 생각은 베레니스의 입장에 관한 것이다. 이토록 사악한 공격을 아이는 어떻게 받아들였을까? 나는 아이에게 묻는다. 두려움의 독이 아이의 내면을 갉아먹고 있지 않다는 걸 확인해야 한다. 아이는 명료한 대답과 자신감 있는 태도로 나를 안심시킨다. 아이는 그 나이에서는 찾아보기 어려울 정도로 성숙하고 신중한 태도를 보인다. 이제 내가 이 사건에 뛰어들어 모든 비열한 짓을 차단하고 핵폐기물을 파묻듯이 가능한 한 멀리 치워버려야 한다.

"어떻게 하실 거예요, 아빠?"

"우선 엄마한테 알려야지. 그런 다음 경찰서로 가서 그 여자애에 대한 고소장을 작성할 거야. 그 애가 저지른 짓은 정말 심각한 거거든. 내일 아침 너와 함께 교장 선생님께 가서 그 애 부모님 연락처를 알려달라고 할 거야. 그런 다음 그들에게 전화를 걸 거고. 이렇게 바로 아빠에게 말해준 거 정말 잘했어. 넌 똑똑하고 책임감 있게 행동했어, 베레니스. 난 용기 있게 행동해준 네가 자랑스러워. 그리고 네 말이 맞아, 그 애한텐 큰 문제가 있는 거야. 앞으로 괜찮을 것 같니?"

"네, 아빠. 저도 그 애가 좀 이상한 게 아닐까 생각했어요."

"아빠가 분명히 말하는데 그 애는 미쳤어."

아이 엄마와 전화로 의논한 후 나는 가장 빠른 해결책을 선택한다. 페로네가에 있는 파출소로 가는 것이다. 복도에 붙어 있던 학교 폭력 방지 포스터가 머릿속에 떠오른다. 우리는 접수대로 간다. 나를 알아본 경찰관은 나를 다시 만난 걸 성가셔하는 것 같다. 상관없다. 나는 그에게 내가 왜 왔는지 이야기한다. 그는 우리에게 기다리라고 말한 다음 복도로 나간다. 내가 그 유명한 포스터를 베레니스에게 보여주자, 그 애는 이 사건이 바로 그런 거라고, 학교 폭력이라고 고개를 끄덕인다. 나는 말벌들처럼 내 머릿속을 울려대는 그 정신 나간 말의 충격에서 벗어나지 못하고 있다. 열세 살짜리에게 그런 폭력을 가할 수 있다는 걸 지금까지 상상해본 적 없다. 이른바 소셜 네트워크의 어둡고 사악하고 치명적인 면이 어느 정도인지 알

것 같다. 그런 공격을 당한 아이들이 자살로 내몰리는 것도 놀라운 일이 아니다. 내가 길에서 만난 적이 있는 코가 깨졌던 듯한 경위가 접수대에 있던 경찰과 함께 도착한다. 그는 우리의 이전 만남에 대해 어떤 암시도, 언급도 하지 않는다. 그는 나에게 이런 유형의 사건을 전문적으로 다루는 동료가 고소를 진행할 거라고 알려준다. 우리는 경위의 뒤를 따라 한 층을 올라가 전담 여경의 사무실로 간다. 그리고 네 명의 경찰관들이 화면 앞에서 일에 몰두하고 있는 커다란 방으로 들어간다. 물 빠진 청바지에 플리스 재킷을 입은 젊은 여성이 우리를 맞는다. 그녀는 직접 베레니스와 이야기를 나누고, 아이의 증언을 아주 주의 깊게 듣는다. 한 시간 후 고소장이 작성되었고, 경찰은 나와 아이 엄마 보관용으로 두 부의 사본을 준다. 복도에서 나는 BAC 소속의 몸집 큰 경찰과 엇갈린다. 그는 딸과 함께 있는 나를 보고 당황한 기색이지만, 그의 눈빛은 여전히 적의에 차 있다.

이튿날 나는 아이 학교 정문 바로 앞에 오토바이를 세우고 안장에 앉은 채 딸애를 기다린다. 베레니스를 괴롭히는 아이에게 내가 딸아이 뒤에 있다는 걸 알려주기 위해서다. 나는 학생들 가운데에서 베레니스가 사진으로 보여준 여자애를 알아본다. 나는 그 애가 친구들에게 둘러싸여 건물에서 나오는 것을 본다. 내가 있는 곳으로 베레니스가 오자 문제의 아이가 내 쪽으로 힐끗 눈길을 던진다. 그날 아침 아이 엄마와 나는 교장과 학생 생활 지도사를 만났는데, 그는 학생들 사이에서 이런 유형의 폭력이 늘어나고 있어서 불안하다고 털어놓았다. 나는 문제 학생의 부모와 통화하지는 못했지만, 교장은

199

그들에게 이 내용을 전달했다고 확언했다.

"아빠, 저를 데리러 와주셔서 감사해요."

"당연한 거야. 오늘 그 애에게서 협박 문자 같은 거 오지 않았어?"

"아뇨, 그 애는 나를 피해요. 걱정하실 필요 없어요. 경찰이 와 있는 걸요."

"경찰이 어떻게?"

"보세요, 저기 있잖아요. 오늘 점심때도 저기 있었어요."

길 건너편에 푸조 밴이 한 대 서 있다. 나는 그 안에 있는 세 명의 경찰관이 BAC 소속 경찰관들이라는 걸 알아본다. 특히 단호한 눈빛의 몸집 큰 경찰이 눈에 띈다. 그는 차창 밖으로 한 팔을 내려뜨린 채 운전석에서 담배를 피우고 있다. 그의 검은색 봄버 재킷 소매에 주황색 경찰 완장이 눈에 띄게 둘려 있다.

"저분들이 점심시간에 저를 보러 오셨어요. 제가 경찰과 함께 있는 모습을 전교생이 봤고요. 키 큰 남자 경찰과 여자 경찰도 같이 오셨더라고요. 그분들이 이제 안전하니 걱정 말라고, 더 이상 아무도 저를 괴롭히지 못할 거라고 하셨어요. 정말 친절하신 분들이에요."

베레니스의 말에 따르면 그날 이후에도 경찰들은 불시에 여러 차례 학교를 방문한 모양이다. 어느 날 아침 베레니스는 경찰들이 학생 생활 지도사와 이야기하는 것을 보았다고 한다. 하지만 나는 더 이상 그들을 우연히 만나지 못했고, 페로네가의 파출소로부터 아무 소식도 듣지 못했다. 나는 심지어 그 점이 안타깝기도 했는데, 그들에게 얼마나 감사한 마음인지 표현할 길이 없었기 때문이다. 아이 엄마가 경위에게 감사의 편지를 썼지만 답장은 없었다.

11

나는 드라공가의 집 열쇠를 돌려줘야 했다. 이웃들 및 소유주협회와의 관계가 견딜 수 없는 지경에 이르렀기 때문이다. 상황이 그렇게 된 것을 후회하지는 않지만, 그렇다고 적진에서 사는 것이 그다지 유쾌한 일은 아니다. 게다가 파리 서쪽 15구 외곽의 앙드레 시트로엥 공원 근처에서 나는 아이들을 키우는 내 삶의 조건에 맞는 거처를 찾아냈다. 베레니스와 트리스탕은 그곳으로 나를 만나러 오는 것을 좋아한다. 그곳에서 세벤가를 따라 걸으면 센강 기슭에 이르러 잠시 도시의 번잡함에서 벗어날 수 있다.

막신은 내 메시지에 한 번도 답장을 보내지 않았다. 우리가 헤어져 있는 5개월 동안 나는 줄곧 그녀를 생각한다. 나는 그녀의 소식을 알고 싶지만, 그녀의 부재로 인한 상처가 다시 헤집어질까봐 걱정스럽다. 최근 며칠 동안 완연한 봄 날씨에 앙드레 시트로엥 공원의 벚나무들이 일제히 눈부시게 하얀 꽃을 피웠다. 마치 새로워진 기쁨의 첫 신호 같다. 모든 것을 다시 시작할 수 있다는, 미지의 높은 곳으로 나를 인도해줄 은밀한 길이 존재한다는 희망.

서로 의논한 것은 아니지만 뱅상과 나는 지붕 위 탐험을 중단했다. 두 사람의 집이 멀어지자 우리의 모험에 필수적인 요소인 즉흥성을 전혀 기대할 수 없게 되었다. 높은 곳을 오르는 쾌감을 불러일으키는 그런 즉흥성이 없어지자 즐거움도 사그라들고 말았다. 우리는 너무나도 좋았던 그 탐사 추억에 대해 종종 이야기한다. 그것은 이제 환상 속의 대항해 같은 분위기를 풍긴다. 그 모든 것이 실재했던 일일까? 우리 스스로도 확신하지 못했다. 그 사실을 확인하기 위해 나는 그때 오르다가 다친 다리에 남은 상처의 흔적을 바라본다. 그중 몇 군데는 여전히 아프다. 가장 강렬한 행복의 순간에도 상처는 남는다.

12

뱅상은 에귀유봉 등정을 위해 베르코르산에서 나를 훈련시켰다. 전나무 사이로 난 오르막을 두 시간 반 동안 오르는 동안 그는 나에게 이 산정이 왜 역사적으로 흥미로운지 설명해준다. 현대 등반의 역사는 크리스토퍼 콜럼버스가 아메리카 대륙의 과나하니섬에 도착하기 3개월 전인 1492년 6월 26일 그곳, 그 산에서 시작되었다. 지구를 수직적으로 정복하는 것이 수평적으로 정복하는 것보다 앞선 셈이다.

간밤에 내린 비로 오솔길에는 물길이 나 있고 숲에서는 신선한 나뭇잎 냄새가 진동한다. 태양이 빛에 드러난 바위를 말린다. 내 눈앞에 화려한 파노라마가 펼쳐진다. 서커스를 벌이는 듯한 암괴들 한가운데에 에귀유산이 장엄한 성채처럼 솟아 있다. 2,000미터 높이의 이 수직 석회암 암괴 꼭대기에는 드넓은 초원이 펼쳐져 있다. 뱅상은 르네상스 시대에 이 지역 사람들이 에덴동산 같은 그곳에 전설의 민족이 산다고 믿었다는 이야기를 들려준다. 도저히 접근할 수 없는 고원에서 사람의 형체를 봤다는 증언들이 잊을 만하면 나왔다. 소문이 어찌나 끈질겼던지 샤를 8세의 귀에까지 들어갔고, 왕은 군인들로 구성된 원정대을 보내 그곳을 탐사하게 했다.

"난 베르코르산이 처음이야. 경치가 이럴 거라고는 예상 못했어. 정말 눈부시군." 내가 말한다.

"에귀유봉은 프랑스에서 유일무이한 곳이야. 저것 좀 봐, 뤼도, 요새 같지 않아? 그래서 왕이 원정대장 앙투안 드 빌에게 그곳으로 올라가라고 명령한 거야. 원래 망루를 습격해 탈취하는 데 전문가였던 그는 사다리와 갈고리못을 이용해 저 위에 올라가는 데 성공했지. 그가 개척한 길을 보여줄게. 그가 어떻게 그 길을 올랐는지 짐작할 수 있는 흔적이 아직도 남아 있어. 괜찮아, 뤼도, 리듬을 유지하고 있지?"

"갑자기 더워지는군,"

"고어텍스 점퍼를 벗어. 한 시간 더 걸어야 해. 암벽에 오르기도 전에 기운이 빠져선 곤란해."

북서쪽의 산기슭에 도착한 우리는 장비를 착용한다. 뱅상은 내 수준에 맞추어 적당한 난이도의 등반로인 제모Gémeaux 루트를 선택했다. 암벽에 휘몰아치는 돌풍 때문에 더 힘들었던 세 시간의 등반 끝에 우리는 마지막 급사면에 이른다. 뱅상이 앞장선다. 우리는 자일을 붙잡고 정상의 초원으로 통하는 풀이 무성한 바위 틈 협로를 올라간다. 이윽고 나는 하얀 꽃과 분홍 꽃들이 무성하게 자라난 푹신한 풀밭을 두 발로 밟는다. 성브루노나리꽃, 릴리움마르타곤백합, 둥근야생난초······. 르네상스 시대에 이 산이 왜 사람들에게 그런 매혹과 신비를 불러일으켰는지 마침내 알 것 같다. 마치 꿈속의 장소 같다. 하늘이 탁 트인 꿈속을 걷는 느낌이다.

"그래, 소감이 어때?" 뱅상이 묻는다.

"여기 데려와줘서 정말 고마워. 너무 감동적이야······."

"이 골짜기에서 목격되었다는 그 전설 속 사람들 말이야. 그들이 사실은 야생 영양이었다는 게 앙투안 드 빌에 의해 밝혀졌어!"

이 자연의 탑이 문득 지붕을 환기시킨다. 물리적인 차원을 훌쩍 넘는, 무한히 높은 차원 속의 지붕을. 다른 대도시들이 그렇듯 파리도 자연과 유기적으로 연결된 끈을 끊어버렸다. 우리는 우리 존재의 근원적인 부분과 단절된 채로는 살 수 없다. 우리 존재가 스스로를 구원할 수 있는 방법을 찾아야 할 때다. 내가 지금 이 순간 여기서 느끼는 것을 결국에는 막신도 이해할 게 분명하다. 야영을 하기 위해 텐트를 세우는 대로 그녀에게 이메일을 쓸 것이다. 모든 이야기를 다 털어놓고 그녀가 무척 좋아하는 프랑시스 퐁주의 이 시구를 마지막으로 덧붙일 생각이다. "우리는 모든 시에 이런 제목을 붙일 수 있어야 한다. '행복하게 살아야 할 이유들.'"

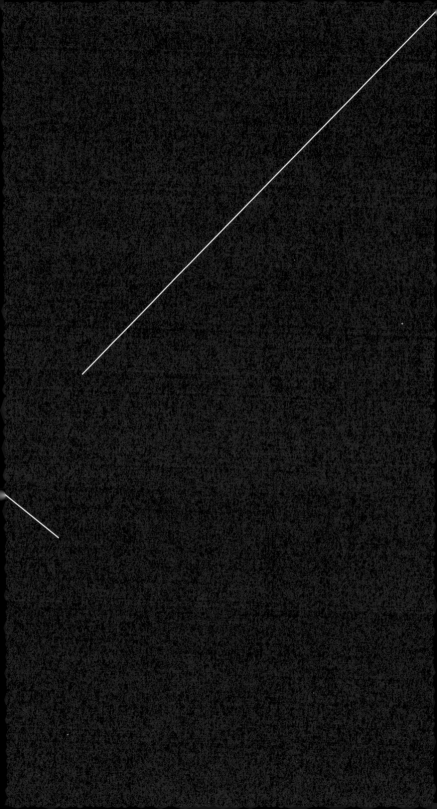

옮기고 나서

읽기, 오르기 그리고 그 무엇

파리 좌안의 생제르맹데프레 구역, 상점들이 모두 문을 닫은 한밤중에 두 남자가 평상복 차림으로 건물을 기어오른다. 벨루어 재킷이 홈통 철망에 걸려 찢어지고 신사화 바닥이 파사드의 홈에서 미끄러진다. 철제 난간, 함석 기둥 모서리, 석재의 틈을 딛고 비집고 움켜쥐고 매달리며 그들은 지붕 위로 올라간다. 파리 도심의 지붕들은 비슷한 높이로 이어지고 건물과 건물 사이에는 건물의 유지 보수를 위한 이동 통로가 있다. 일단 지붕 위에 오르면 굴뚝에서 굴뚝으로, 지붕에서 지붕으로 이동할 수 있다.

친구인 두 남자가 이웃한 건물 꼭대기 층에 살게 되었다는 우연에서 시동이 걸린 이 야간 도시 등반은 대개는 오스만 양식의 건물들로 이루어진 파리 중심부의 특수 조건에 힘입어 점차 반경이 확대된다. 두 사람 중 하나는 전문가에 준하는 암벽등반 경험을 갖고 있고 다른 하나는 막 입문 단계를 넘어섰다. 열쇠를 잃어버린 탓에 (지금도 파리에서는 현관문에 디지털 키가 아니라 아날로그 열쇠를 사용한다!) 시작된 이 우발적인 모험은 한 번으로 끝나지 않는다. 그들은 재킷 위에 하네스를 착용하고 자일을 감고 등반화를 갈아 신고 생쉴피스 성당을 오른다. 예배당과 성당 정면 사이에 있는 빗물받이 홈통이 그들의 진입로다. 탑에 이른 후 그들은 헤드랜턴을 꺼내 어둠을 밝히고 함석 경사면을 지나간다. 그리고 탑 꼭대기에서 파리의 좌안 전체를 내려다본다. "전면에는 몽파르나스 타워가 있고 그 너머에는 에펠탑, 북쪽으로는 사크레쾨르 성당, 서쪽으로는 팡테옹의 돔이 로마의 환영처럼 파리 풍경 속에 자리하고 있다. 눈길이 닿는 곳마다 불 밝힌 창들의 희미한 빛이 도시를 밝히고 빛 하나하나가 이야기를 들려준다."

법에 저촉될 위험을 무릅쓰고 보행자의 출입이 금지된 이 영역을 탐사하는 두 사람이 그저 은밀함만을 찾는 건 아니다. "지붕 위 원정의 가장 좋은 순간들 중에는 몸이 무거운 길에서 빠져나오고 정신은 일상생활의 촉수로부터 자유로워지는 처음 몇 미터의 순간이 있다. 나는 매번 똑같은 흥분을 느끼고, 그 감정은 매번 첫 모험 때 느꼈던 흥분만큼이나 강렬하다. 높은 곳을 오르는 일은 중독이라기보다는 우선순위의 순서를 새로 세우는 거듭되는 도취, 반복되는 전율이다." 이제 그들 앞에 펼쳐진 파리는 자연이 된다. 몽블랑산이 되고, 로제르 초원, 브리옹산, 카나유곶의 절벽이 된다. "시멘트는 바위가 되고, 건물의 파사드는 절벽이 되며, 팔꿈치에 닿는 함석판은 화강암처럼 매끄럽다."

과거와 현재를 아우르는 파리의 진짜 건축물은 "어두운 하늘에 솟아 있는 거대한 빙산 같은 고층 빌딩들"이 아니라, 장작을 때던 시기의 흔적을 고스란히 지닌, 중간 높이의 건물들이다. 파리의 문화가 자유롭게 꽃피었던 시기를 떠올리면서, 면면히 이어온 레지스탕스 문학을 환기하면서, 뤽상부르 공원의 베를렌 동상 앞에서 시구를 읊조리면서, 지붕 위에 즐비한 굴뚝의 빛깔을 정의하는 작가의 어조는 파리에 대한 어떤 찬사보다 진심에 차 있다. 그러다가 그 모든 풍경 속에 자리한 아픔과 투쟁과 감동의 기억을 불러낸다. "시네바 레드, 카디널 레드, 꼭두서니 레드, 화성 레드, 비스마르크 레드, 잉글리시 레드, 튀르키예 레드, 나는 이 모든 레드에다 공식적인 색견본에는 없지만 파리의 지붕 위에서 본 레드를 추가한다. 나는 그것에 '파리 레드'라는 이름을 붙인다." 그가 불러오는 페르 라 셰즈 묘지, 파리코뮌, 혁명군의 벽, 크리스 마르케의 〈대기는 붉은색이다〉가 중층적인 이 소설의 좌표를 확인해준다.

그 위에서 그들은 집세 걱정과 연애의 고충과 고질적인 불면증을 잊는다. 미뉘 출판사의 지붕 위에서 나치 점령기의 레지스탕스 작가들을 불러온다. 베케트, 나탈리 사로트, 뒤라스, 다니엘 페낙, 앙드레 지드, 베를렌, 에밀 졸라, 호메로스, 사르트르, 루이 아라공, 아르튀르 랭보, 모리스 삭스, 콘스탄티노스 카바피스……. 오르기와 읽기가 만난다. 내일의 출근이 기다리고 있는데 그들은 파리의 지붕 위로 올라가 거기에서 머문다. 저 아래 어둠을 배경으로 반짝이는 무수한 불빛, 차들이 강물처럼 흘러가는 먼 대로, 주차 금지, 유료 주차라는 글자들이 형광빛 타투처럼 새겨져 있는 사막 같은 도로, 청소차가 채 치우지 못한 시위의 흔적, 공간을 촘촘히 얽어매는 보이지 않는 광섬유밭 등 도시의 저 아래에는 생활이 있다. 마침내 낮에는 보이지 않았던 하나의 영역, 도시를 덮고 있는 어떤 영토의 형태가 드러나기 시작한다. 일찍이 자연 안에 있었으나, 가속화된 문명의 속도에 떠밀려나온 그 나라, 그들의 마음은 그 나라의 주민이고 지붕 위는 그 국경의 변경이다.

이 책의 지은이 뤼도빅 에스캉드는 프랑스의 작가이자 편집자로 이름과 직업은 물론 여러 상황이 이 책의 주인공과 흡사하다. 1972년 마르세유에서 태어나 소르본 대학에서 미술사를 공부했고, 갈리마르 출판사에서 편집자로 일하면서 1988년 제라르 부르가디에가 시작한 아르팡퇴르 총서를 2010년부터 이끌고 있다. 그는 자전적 경험을 탄탄한 문학적 내공으로 구현하는 현장성 높은 소설을 쓴다. 이 책이 소설인 만큼 주인공이 위키피디아 계정용으로 작성한 이력이 곧 지은이의 이력이라고 확언할 순 없어도, 많은 부분 겹치는 것은 분명하다. 실제로 저자가 이제까지 발표한 두 소설에는 실제 인물들과 실제 상황이 강도 높게 등장한다. 작가이자 의사인 크리스토프 뤼팽과 암벽등반 세계 챔피언이었던 다니엘 뒤 락이 직간접적으로 등장하고, 공쿠르상 수상 작가 실뱅 테송은 이번에는 친구 뱅상이 되어 주인공과 동행한다.

'땅'과 '용들'이라는 두 개의 장이랄 수도 있고 연결되는 두 중편이랄 수도 있는 이야기로 구성되는 이 작품은, 몽상가의 서정성을 펼치는 한편 사회 전체에 당면한 문제를 날카롭게 짚어내는 통찰을 보여준다. '나'의 주관적 시점이 자연스럽게 자기 성찰로 이어지고 나아가 객관적인 거리를 확보한다. 그런 식으로 다분히 개인 취향의 몽상과 도락에서 사회 현상과 제도, 시스템 비판으로 옮겨간다. 디지털과 속도가 불러일으키는 잠재적인 위험, 대형화되고 삭막해진 대도시 생활, 인간을 부속화하는 몰개성적 시스템, 소셜 네트워크의 치명적인 영향, 고용 불안과 높은 집세에 시달리는 젊은 세대의 고충, 중년의 갈등과 노년의 고독, 재편을 넘어 소멸로 가는 결혼제도, 공권력의 양면성 등의 이야기를 담론으로 삼는 그의 발화 행위에는, 그 모든 병리적 현상의 이면에 자기 책임이 일정 부분 있다는, 자기 행위의 먼 결과를 제대로 인식하려는, 파스칼 브뤼크네르가 말하는 '순진함의 유혹'에 빠지지 않으려는 자각이 자리잡고 있다. 그의 밤은 불면에서 자유롭지 못하지만, 숙면을 취한 어느 휴일 아침 그의 손에는 여자친구에게 선물할, 중간색이 잘 어우러진 꽃다발이 들려 있다.

두 몽상가의 야간 도시 탐험은 이제 방향을 바꾼다. 두 사람의 사는 곳이 멀어져 모험의 필수 요소인 즉흥성을 갖기 어려워진 탓만은 아니다. 그리고 높은 곳이 고도만을 의미하는 것은 아니다. 길은 무수하고 다르지만 모두 길 끝에서 만나기를 바라는 것이 있다. "우리는 모든 시에 이런 제목을 붙일 수 있어야 한다. '행복하게 살아야 할 이유들.'"(프랑시스 퐁주) 봄이 오면 주인공이 새로 이사한 동네의 앙드레 시트로엥 공원에서는 벚나무들이 일제히 꽃을 피운다. 마음을 드높이면 모든 것을 다시 시작할 수 있다는, 미지의 높은 곳으로 나를 인도해줄 은밀한 길이 존재한다는 희망 같은 그 무엇. 그럴 때 몽상가는 지붕 위와 아래를 이어주는 연결고리가, 암벽과 나를 묶어주는 자일 끝의 카라비너가 된다. 그리고 그 작은 금속 조각이 우리가 꾸는 꿈의 질과 무관하지 않다는 데 옮긴이도 동의한다. 이 소설의 원제는 '높은 곳을 향하여Vers les hauteurs'이다.

밤의 몽상가들

1판 1쇄 찍음 2025년 1월 13일
1판 1쇄 펴냄 2025년 1월 23일

지은이 뤼도빅 에스캉드
옮긴이 김남주
펴낸이 안지미
CD Nyhavn
편집 오영나
표지사진 Nyhavn

펴낸곳 (주)알마
출판등록 2006년 6월 22일 제2013-000266호
주소 04056 서울시 마포구 신촌로4길 5-13, 3층
전화 02.324.3800 판매 02.324.3232 편집
전송 02.324.1144

전자우편 alma@almabook.by-works.com
페이스북 /almabooks
트위터 @alma_books
인스타그램 @alma_books

ISBN 979-11-5992-430-9 03860

알마출판사는 다양한 장르간 협업을 통해 실험적이고 아름다운 책을 펴냅니다.
삶과 세계의 통로, 책book으로 구석구석nook을 잇겠습니다.